Time Passing So Slowly
Yet Rather Happily

相当愉快地
度日如年

[美] 刘荒田 著

江苏凤凰文艺出版社
JIANGSU PHOENIX LITERATURE AND
ART PUBLISHING, LTD

图书在版编目（CIP）数据

相当愉快地度日如年 /（美）刘荒田著. — 南京：江苏凤凰文艺出版社，2018.6

ISBN 978-7-5594-1813-5

Ⅰ. ①相… Ⅱ. ①刘… Ⅲ. ①小品文—作品集—美国—现代 Ⅳ. ①I712.65

中国版本图书馆 CIP 数据核字(2018)第 058537 号

书　　名	相当愉快地度日如年
著　　者	（美）刘荒田
责任编辑	黄孝阳　王　青
出版发行	江苏凤凰文艺出版社
出版社地址	南京市中央路 165 号，邮编：210009
出版社网址	http://www.jswenyi.com
印　　刷	南京捷迅印务有限公司
开　　本	850×1168 毫米　1/32
印　　张	6.875
字　　数	110 千字
版　　次	2018 年 6 月第 1 版　2018 年 6 月第 1 次印刷
标准书号	ISBN 978-7-5594-1813-5
定　　价	38.00 元

目　录

第二章　经过时，别错过

第三章 试说新语

第四章　人生,最大的命题

日常人生里的诗意与悲悯
（代序）

四十九年前，一位广东台山乡村里的年轻人雨天去理发。理发师突然瓮声瓮气地说一句："后生仔，你不该待在这里，走！""走？去哪里？""笨，去哪里不行？反正不在这里，越远越好，走就是！"

为了这个愤世的师傅传达的"神谕"，年轻人远行万里。他对自己说：不回家是不对的，也是不可能的；不走尽可能远的路，不看尽可能多的风景，且留下尽可能详细而完全的记录，然后回家，既辜负了家乡，还亏欠那个雨天偶遇的理发师。

他就是著名美籍华裔作家刘荒田。他当年出走美国，使中国大陆少了一位循规蹈矩的公务员，世界华文界却多了一位笔走龙蛇的散文作家。如今，他终于回家。虽然他已坐拥旧金山湾区的别墅，但仍回到广东佛山购房，常常回来住住，探亲访友。

前几年退休后，刘荒田几乎把所有时间投入到写作中，成了“专职作家”。看似老眼渐花，实则炼就了火眼金睛，将“三度人生”的所见所闻所感形诸笔下，以悲悯情怀点化，熔铸成文，自成一体，面目与厕身体制的所谓专业作家的写作判然有别。

这种由中而西，出西返中，援西入中的人生历练是可遇不可求的，但直面生活、直面自己的精神，对于写作者来说却有普遍性的启发意义。过去很多作家慨叹“缺乏生活”，所以要“深入生活”“体验生活”，可怜复可笑，活人竟然不在“生活”之中?！作家为了写作竟然要另行“体验”?！现在似乎好一点——当下生活终究比文学还要曲折和精彩，连“体验”都不用，仅凭在家看报上网上的新闻就可以获得写作素材了——其实还是躲在真实生活之外隔靴搔痒。

得益于东西游走的经历，穿过许多横街窄巷，见识过各色华洋人等，本身就在生活之中，刘荒田无须作名士状向壁虚构玄谈卖弄，他关心粮食蔬菜、饮食男女。“相当愉快地度日如年”，这话是并不“愉快”的张爱玲说的，当然她指的是童年，有一种失落的反差和怀念。而刘荒田的“愉快”却是当下的，是数十年中西游历后的反顾与感悟——也许有一种艰难的况味，所谓“年年过年年难过”；更有通透的洒脱，“年年难过年年过”；还有更深的一层意思在：将每一日作绝对时间维度的延展，摊开来审视，细细品味。

身居现代都市，刘荒田却有陶渊明的情怀，别人匆匆忙忙地赶，他却是“消消停停地走”，看蓝的天，灰的雾，“灿烂如锦的霞”，看见“在街旁垃圾桶盖上啄食的两只乌鸦”，也看见“以门外货架上的红苹果和黄橙子向满街微弱的阳光叫板”的杂货店（**《乌鸦看》**）。他平时喜莳花弄草热爱大自然，更关心有温度的人间，喜为凡人造像，为俗世瞬间留影。雷雨骤至，在四处避雨的人群里，他不慌不忙“踱”进咖啡店，点一杯“拿铁”，看雨听雨，从邻座两个女人的家常絮语中体味芸芸众生的琐碎和安稳（**《雷雨中》**）；回到自家院落，他感动于院里的落花朵朵如佛祖的莲座（**《落花的坐姿》**）；碰见家门外林荫道上的小鸟，“整整一天，我的心情极佳”（**《鸟儿和我》**）。即使在“乏味”的早晨，“浑浑噩噩的寂静”里，他也有新奇的发现，黄色校车里的胖司机笑嘻嘻地向下车的孩子招手告别，老师牵着黑孩子的手，爷爷牵着孙女的手，妈妈牵着儿子的手，年轻父亲牵着儿子的手，“孩子仰起头，得意地说着学校的趣事，父亲大笑”，这牵手的美好一程，“不但在亲情的交流，更在于生之希望”（**《早晨》**）。

屋边的一棵树，窗外飘来的一段音乐，码头集聚的风暴，旅途上一闪而过的阳光，公共汽车上的乘客，士多店里购物的中年人……都引起他的联想，古今中外，引譬连类，妙语连篇，或引人发噱或引人沉思。他多次描写过车站、巴士、糕粉店、茶楼、加油站这些公共空间里的各色样貌，这些空间有两个共同特点，一是多样化的陌生，二是流动中的静止，不仅有利于展开文学观察和想象，也是生动的人生隐喻。在这种日常性"写生"里，荒田取静观的态度，"冷眼"但又"热心"地，在一旁默默地、脉脉地凝视。因此，他总能在喧嚣的市声里发现诗意，"伧俗是市廛的本色，尖中带嘶的叫卖声，顾客和售货员讨价还价的喧哗，水声……"，"却有平地一声雷般的出尘之雅，那是翩翩的兰"（**《鱼店里》**）。他不愿作非法闯入者，只"意态悠然地远看，像在故园夏夜看飞瀑似的银河，注视摇篮里刚刚醒来、睁开的婴儿眼睛一般，看身外可近而不可即的光明以及必不短缺的温暖"（**《我认识多少灯光》**）。

荒田对于细节的捕捉有一种本能的敏锐，无论是在公共汽车、超市、草地上，无论是蹒跚老人、中年男人、摩登女郎、学步小孩，甚或擦肩而过不相干的普通人，他都投注以关切的目光，并且将自己"代入"其中，体察他们的一颦一笑，一言一行，即使是在无言的静默中，也对他们可能的悲欢离合感同身受，但又体谅他们在日复一日的平凡里微小的缺憾。记得他曾引述著名美籍华裔作家王鼎钧先生的话："糖尿病可以治，但是不能断根，如果彻底把它治好，病人也会没命。治疗糖尿病的原则是，使人与病共存，即所谓带病延年。”这其中不免有几分孤愤，但更深的是悲悯。

同样是对人生入木三分地审视，张爱玲的“看透”铺着浓浓的苍凉底色，而荒田则天赋一种底层的豁达。面对“不饶人”的岁月，他俏皮地针尖对麦芒，“老夫聊发少年狂”之余，不乏幽默地作出“不饶岁月”的文章，“因为我们有傲视它的资本”，“因为‘老’给了我们底气”，“因为我们脚踏实地”（**《不饶岁月》**）。他认为，“生老病死，乃是包括人与树在内的生物的自然律，萎谢是不可变易的逻辑。而脱离人力控驭的‘雨’，是‘命运’的隐喻。我们要做的，是凭借日历的‘落叶’，和‘雨’合作，生产美妙的旋律”，“落叶愈厚，雨声越耐听”（**《厚积落叶，以听雨声》**）。无论外界如何喧嚣，无论时序如何转变，无论生活如何俗气，且看落叶，听涛声，心远地自偏。如果知道刘荒田有二十几年的诗歌写作史，便能明白，字里行间的温润渊源有自。即使是身在铜臭熏天的赌场，他仍诗意满满：“悬念绝不仅仅在筹码的交换中。赌场之外，美好的悬念，只要费心，找到的可能还是蛮大的。它在钓竿下的水里藏着，在花园中的蓓蕾里含着，在雪地里埋着，在湖波上漾着，在蔬菜和诗集的行行垄垄上生长着，在葡萄园和橡木桶里酝酿着，在早春的梅树、深秋的枫树上飘着，被风筝背着，让婴儿熟睡的眼帘盖着，被恋人的拥抱围着。还没说到汗牛充栋的书，罗列并诠释着……”（**《悬念》**）。

在旧金山，荒田曾专程跑了十几个街区，为的是给妻子送一只糯米鸡，竟然因为妻子的惊喜而感动得几乎掉泪，“很少给同甘共苦三十多寒暑的枕边人送过午餐，尽管我每天吃她做的饭，穿她洗的衣服”。他由此感叹：“让人生充满温暖的爱与亲情，靠平常日子一丝一缕的细节织就。”（**《一只糯米鸡》**）“对细节的陶醉，是心智健全与生活美好的表征”，“对细节的经营，使人生趋于密实”，人生的问题不在“往哪里走”，而在“怎么走好”（**《对细节的迷醉》**），这种迷恋细节的为文风格与他的为人是一致的。

在荒田的散文中，早期的《听雨密西西比》可以说是一篇不多见的“巨制”，篇幅约1.5万字，从“缘起”到“绿树镇的诗情”“绿树镇的风情”“绿树镇的杂货店”“不见密西西比河”，五个小标题下分五小节，每一小节各有重心。细细碎碎，都是生活实录，类汪曾祺笔法，但汪是散淡的水墨洇染，荒田则是抒情的水彩涂抹，有意无意的几笔，或浓或淡的勾勒，加在一起，即是一幅栩栩如生的风情画。近看，烟火味里有生活的质感；远观，斑驳光影里是雨中的慨叹。生活在密西西比，似乎很遥远，但柴米油盐酱醋茶，贫困，抢劫，死亡，像滴嗒到天明的雨声，让人有浸彻骨髓驱之不去的寒意，也能领略到一丝久违的隐约诗情。就如文中所写到的杂货店老板的柜台：台上是待售的鸡蛋、香烟、感冒药……，台下的抽屉里是佛经、《余光中诗选》、孩子的成绩单……在不动声色的生活细节里，散发出耐人品味的人生意蕴。

美国梦曾经是很多人的梦，但对于新移民来说，至少在开始遭受生存危机和文化撞击之际，可能未必再相信那是一片流着蜜和奶的土地。刘荒田的小品文里对此也多有着墨，看到雾障里的落日，他会联想到《离骚》，会联想到“落日故园情”（**《黄昏》**）。“一只鹧鸪飞来，高踞烟囱的边沿，发出悠长的‘咕咕’。我一惊，原来异国的鹧鸪，啼声和宋词里的深山同类并无二致。”（**《乌鸦看》**）但他的特出之处在于，并不简单地赞美或呼号，不隐恶也不饰美，而是在琐屑的日常生活描摹中，超越对异文化的伦理审视，以悲悯之眼光，发掘人性之幽微。他去国后的早期，写作主题并不缺少思恋故土的乡愁，但他很快超越其上，不论国度，不论肤色，不论人种，皆倾注以同情。在《死亡假面》一文中，他对于同事拉丁裔人荷西的死因作种种追究，终不知其是因爱因恨因财，对他到底是该悲该憎该爱，如罗生门般，难有确切答案，让人不禁对这样一个倏然而逝的生命怅怀不已。荷西的命运似乎与每个人无关，又似乎是每个人的投影，这是一种更为寥阔广大的人性“乡愁”。

荒田不仅善于外观，也时常内省。向外的观察与向内的省视，是体验生活的不二法门，一般的作家往往明于观人，但仅止于此，流于不设身处地的漠然旁观，近于手术台上一些医者冷酷的柳叶刀，谈不上体贴，谈不上温度，谈不上深情，更谈不上悲悯。而读刘荒田的文章，既能读到一般人看不到的幽微处，又能体味到超越于细节的真意、诗意、暖意，宛如当下切身亲历，让人动不忍之心。

近些年来，荒田创作的相当部分小品文，文体上更近于杂感，以立论为主，篇幅短小，间或以逆向、辩证思维做“翻案”文章，或可视之为“脑筋体操”。这是否与年纪有关？正如鲁迅到了一定年纪，不再作虚构的小说，而投身于如匕首投枪的杂感写作。但荒田的随感式小品文即使尖利也不刻薄，似乎带着一种他的师友王鼎钧先生散文中的绵长醇厚，又自有他笔下独具的生活质感。“礼赞剑客的生命的，正是这声籁，而不是别人（无论是敌是友）的血与头颅。最后，剑和人生，都被磨成齑粉，那是至高的圆满。”（**《哪把剑经得十年磨》**）这种反调唱出的不仅是机智，且是智慧了。

自新时期以还，中国大陆的散文创作历经了从外在大我向内在小我的转变，但往往是絮叨呓语索然寡味，作黄钟大吕状又难免近伪。如何在真实当下，以有情之眼，具发掘之力，刘荒田的小品文可为镜鉴。

吴小攀

第一章　不能遗忘的全世界

雷雨中

午间，在大街上。刚才还好好的，阳光弱出的温柔，使得五月南国更可爱，玉兰花恰到好处的芬芳识时务地氤氲着。说话间天阴下来，开头以为是太大片的云影，飘过去，淡蓝的天就出现。不料雷声隐隐，远而威严，是笼中兽的嘶吼。我没带伞，也没担任何庄严的使命，站在骑楼下。身边穿插的行人慌乱起来，他们都想赶在雨杀到之前到达目的地，至不济也得赶上公交车。旋即，暴雨倾泻，炸雷逼近，专往雨网密集处开爆，随宏大的噼啪之声而下的透明粉末，那是被雷击中的雨线。哪儿也别想去了，我踱进一家灯光明亮的面包店。

“有没有咖啡？”我发问后才看到咖啡机亮着灯。“有，五块钱。”中学生模样的清纯女子边回答边去按机上的按钮。老实话，别说她泡制的是咖啡，即使是白开水也买，图的只是在店里安坐不遭白眼的权利。

我拿着盛上滚烫咖啡的纸杯子，环顾店内上下。楼上有多张桌椅，无人，宜对雨发呆。楼下在货架的空隙摆下两张长方形桌子，摆放得有点别扭，距离很窄。一张已被两位中年女士占去。我居然一反看雨的初衷，在女士们旁边落座。

并无任何绮念，老到具起码的自知之明了，无论重口味的吊膀子还是闲闲出之的初级调情都不宜，我有的是消磨光阴的资本。从购物袋掏出几本杂志，翻起来。芳邻连看我一眼都不屑，忙于诉衷肠或发挥飞短流长的看家本领。只断断续续听到一些闲谈，如买“牌子衣服”多少折头，小江新做的头发难看，公公摔伤胳膊，女儿在班里考进十五名，海阔天空的话题。忽然想起，莎士比亚戏剧有一角色，被称为“上帝的间谍”。我这么偷听下去，恐怕也是这样，她们所泄露的“情报”只对关注“人性”的上帝有用。杂志的标题很有吸引力，可惜正文字体太小。

女士的絮语停了，我从杂志上移开目光，原来其中一位伏在桌上午睡。失去对话可能性的伙伴只好和手机过不去。我望向店外。雨在骑楼以外豪爽着，潮润的空气缓缓侵入。雷声渐渐消隐，教我想起巨兽沉雄的脚步声。咖啡甜得难以下咽，想必是“三合一”即溶品，只喝下“两块五毛”。然后对着老天出神。

无端牵挂起此际的公园来，如果不是不期而至的雨，我将走过那浓绿掩映的所在。凤凰树着花才几天，红得纯粹，浓冽，像决绝地赴死，这下子一定满地落红，花岗岩石板铺就的花径是怎样的凌乱？紫荆花似乎能躲过雨劫，从这里望去，隐约看到大街旁枝头零星的艳紫。洗净尘土的葵树更能和最本色的翡翠比高下，玉兰花的香魂呢？

芳邻睡得更加放达，伙伴看聊天无望，离桌去浏览柜子内的乳酪面包和法国风味的拿破仑多层松饼。我惊讶地发现，她腰板之广阔，足以比得上举重的壮汉，正应了陕西民谚：“躺下的婆娘，放倒的树。”意为：二者直立都不显眼，平放时体积马上膨胀。尽管她并不伟岸，当然也不苗条。这一印证没有任何现实意义，但可解我的无聊。

雨在进行。店里没有发生戏剧性情节。如果我主动搭讪，醒着的那位女士将作什么反应？也许，拿摊在桌面的杂志作话题，聊聊都市爱情小说？然而，如果对方不读文学书呢？如果她别过脸去，以为我是推销杂志或人寿保险的讨厌鬼呢？如果我摆“关心”的姿态，为睡者献殷勤，该做点什么？可惜不是冷天，不能把自家身上的厚夹克脱下，披在她有如山岳的腰部。二者各不相干，是没味道的散文。有了互动，便成带悬念的小说。如果在适当的年华，哪怕一把廉价折叠伞，都可能有戏，如果成功地出借给她的话……

雨停。我离开店门。两位女士，不知什么时候走了。

落花的坐姿

家门口有一棵山茶树，我并不怎么欣赏它，花太不起眼了，红瓣白瓣色地都不够地道，像给水彩颜料染出来的。而况太矮小，远远比不上旧居后院的那棵，一开就是上百朵，热热闹闹地挤在一起，刺激得园子里的马蹄莲和郁金香一起努力开花。

可是，昨天雨后，我在进门的刹那，被茶树下的落花吸引住了。都是刚刚坠地的，多数的花托向上，少数向下，露出绿蒂。无论正反，都端端正正地坐着，一似如来佛祖的莲座。树下所铺的泥土疙瘩并不平坦，可是并没妨碍花展示殒落后的庄严。眼前的小方土地，仿佛是一个水平如镜的潭子，落花浮在水上。风在树上穿过，花瓣颤摇。我深深地被落花的姿势所感动。

遂想起好多年前的初恋，思念远方的恋人时，爱在喇叭花下徘徊。篱竹后的花，早上都成了向着太阳吹响的军号，傍晚落在黑色的泥土上，也这般端端整整地坐着，坐成展翅欲飞的紫蝶，坐成打坐的仙家、冥想的哲人。清晨的露珠在落花上闪着，那光彩和盛放的鲜花一般骄傲。就那一次开始，我便注意起落花的姿态来。然后，少年头白，身老江湖，紫色喇叭花几度开谢？无法忘怀的是落花的坐姿。

死亡可以是不打折扣的美丽。长久的从容，动人的自在，静静地展现在门口。花瓣就这般坐着，直到变黄，变黑，变成泥土。自然率所赋以它的最后章节，没有悲哀，只有神圣。

鸟儿和我

我几乎每天在家门外的林荫道上流连，要么慢跑要么散步，但从来没指望鸟儿予我任何礼遇。这些小鸟，不能算陌生，每天就是它们，在街口用电线做的五线谱上，排成音符。大多还算安分，自然也有顽皮分子不时跳跃，换位，撤离，使得乐谱灵动起来。它们所奏的曲子，倒是千篇一律的——天籁。可是，今天小鸟们都离开电线，落在草地上，吱吱喳喳，仿佛放学路上的小女生。我咚咚地跑过，小鸟并不惊慌，老成持重的几只，要待我的脚步近到差点踩上尾部，才施施然飞离，也没飞远，在我前边几步处落下，又低头觅食。不知道是什么鸟，似乎有好几种，一如旧金山市的人类以多元为标志。有一类体形娇小，羽毛灰中带黄，茸茸的，小喙啄着草梗时，颈部灵巧地一扭，叫我想起甜美妞儿闹小性子的憨态。我一路走下去，鸟儿们并不飞走，大呼窿地腾起，在前头落下来，再飞起，落下。我禁不住得意起来，从前的官儿出巡，衙役开路，威风诚然威风，但并非出于义务。这群可爱的小鸟却是不请自来，如果我的自我感觉特佳，可视为“有鸟来仪”，凭这从天而降的祥瑞，纵然无法获得任何委任状和聘书，但买几块钱的六合彩是必要的。不过，还是谦虚点，将自己看作鸟们的跟班吧！人类凭什么要永远站在中心位置？在“狐假虎威”这个成语里，我该当一回狐狸——无能但不狡猾的狐狸。何况，我敬仰的诗人洛夫先生在一首歌咏广场雕像的诗里说过，小鸟比矗立在历史烟云中的任何一位不朽的英雄都站得高一点儿。

真留恋这前呼后拥的阵势，我放慢脚步，权且做一次牧人，放牧有翅的动物，放牧浏亮的天籁。人和鸟，是可以这般和平地相处的。曾经看过一本书，写人和鸟的亲密关系，一位男子仰躺在草地上，小鸟栖息在他的嘴唇边，他每一次伸出舌头来舔唇，小鸟都不失时机地啄上一口——它把舌头看作泉水里冒出来的长苔的石头呢！十年前，优山美地的“新娘面纱”瀑布下，我还亲眼看到，小鸟站在游客的头顶、掌上。这就是人和自然所应有的和谐。不该把鸟养在笼里，除非它甘愿为了定时供应的黄澄澄小米和剖开的番石榴而交出天空。更不该去掏鸟窝。鸟枪应该没收。

整整一天，我的心情极佳，为的就是这群小鸟。明知它们并不是对我格外看得起，无非是碰巧了，它们在这个时间，在这一带觅食。

早　晨

平淡的早晨，阴暗的天，风早停下来，落叶不落，海那边的雾气也没劲儿登陆。本来，刚刚起床，外出跑步，神完气足得很，面对这浑浑噩噩的寂静，却不敢放肆，在没有落叶的花旗松下，尽量把脚步声弄得细碎。绕过一个小学校。靠近操场的人行道旁，黄色校车里的胖司机，笑嘻嘻地向下了车的孩子挥手告别。老师模样的白人小姐，牵着黑孩子的手走，一路叮嘱着什么。

就在这安宁得乏味的时光，我蓦地发现，向校门走来的人，都牵着手——爷爷牵着孙女儿的，碎花裙子在缺乏阳光的柏油路上特别抢眼。妈妈牵着儿子，妈妈的脸板着，眼睛机警地扫视马路，提防着无声驶近的车子。她是勤劳的车衣工吧？把孩子送进学校以后，便要搭巴士往衣厂赶。夜里回到家，做饭，做家务，忙完了，孩子却睡了，没功夫说说话，只好在路上尽情唠叨，尽是教训可惜太正经，孩子不怎么爱听，要不是妈妈的手抓得紧，他可能就独自跑在前面了。倒是一位年轻的父亲，通晓儿童心理，牵着儿子的手迈动阔步，并没说什么。孩子仰起头，得意地说着学校的趣事，父亲大笑。孩子更来了劲，用手比划，讲解着什么，父亲连连点头。我停了来，目送他们在栅栏后消失。满怀感动地想，对这位看模样是建筑工人的父亲来说，人生最丰满的幸福，就在牵手的一程。它的美好，不但在亲情的交流，更在于生之希望。孩子这是去上学，教育将赋予他美好的未来。作为亲生骨肉的保护者和引导者，牵着孩子的暖暖小手的父亲，一定最充分地感受到责任和义务的魅力。不管他有没有意识到，这个平淡的早晨，正是他此生中为数不一定很多的、最可珍贵的早晨中的一个。

细节迷恋

前些天我去造访一位女画家，她正在画一幅题为《道路》的油画，两个高颧骨、厚嘴唇的中国女人，一是百姓，另一是军人，衣衫蓝褛，并肩而行，神情悲壮，茫然望着天低云急的前路。这幅画在画室挂了好久。她老说“还差一点”。有一天，她的丈夫（一位久负盛名的美术评论家）来到画前，语气很冲地指摘它的不是。画家恼了，和他吵了一通，把他给气跑了。第二天丈夫消了气，买一束玫瑰花来画室赔罪。画家笑着接下花束，插到花瓶。两朵迟暮的花在不经意间被碰落。看着桌上腥红的玫瑰，画家灵机一动，走到画幅前，在两个女人的前襟，各添上一朵玫瑰。血似的玫瑰，在色调冷峻、氛围惨烈的画面，如此突兀，神奇！蕴藏在画内的情感，在花朵所制造的缺口喷涌而出。终于完成，画家扔掉满蘸朱红的画笔，脸色苍白，笑容如花，一似终于把孩子生下来的产妇。她以最后的细节征服了自己，征服了艺术。

由此我想到，对细节的经营，使人生趋于密实。对生活、爱情和婚姻而言，关键在于细节。青年时期，以热血浸泡出来的理想，“抟扶摇而上九万里”，高远诚然高远，却和脚下的大地没有多少关连，生命成了气球，充满空言，飘浮在半空。中年以后，人生规划已然成型，除非出现变故，问题不在“往哪里走”，而在“怎么走好”。

怎么走好？答案是：让细节填满人生。在家庭、职业、社交、趣味、信仰等方面都已大体固定的岁月，生命的质量系于细节。大凡活得津津有味的人，都是痴迷于细节的智者和行动者。一个主妇，她从早到晚忙个不停，切得像线般的葱丝，花八个小时炖出来的甲鱼汤，熨得笔直的裤线，纤尘不染的客厅，闪闪发亮的灯台，园圃里缤纷的牡丹和肥料充足的苹果树，卧室里若有若无的兰香，世界虽小，却是比重奇大的水银，重量来自细节的美好和周到。物质生活如果喻为人体，巧妇为它提供的，便是做工精巧、裁剪得体的衣服，把它披在或丰腴或贫瘠的躯体上，无不显出恰到好处的风韵。

大体而言，对细节的陶醉，是心智健全与生活美好的表征。除非热衷于离婚、财产分割与子女监护权一类官司，你最好多想想给配偶买什么生日礼物，假日全家到哪里去野餐，给孩子买哪种自行车和头盔；即使有买新房子新家具新车子的财力，你还是买上木作和修理电器的工具，因为这等不算任重道远，出汗多而较为省心的简单劳作，让你最迅速且实惠地获得成就感和太太的赞美。即使正从事治国平天下的伟业，也该关心官邸的警卫员旁边，树梢是不是碰上电线。一沙一世界，一花一天国。沙滩是诸“小”组成的大千；而你关切的目光，在花园里成了繁星般的露珠。

黄　昏

黄昏，步出家门。这是旧金山住宅区典型的氛围，基调是闲适；烘托闲适的，是烟火人间才有的静谧。同是静，墓园总是冷的、虚的；这里呢，却有无限张力。不是没有声音，电视机开着，人们要么在做晚饭，要么正在吃，要么刚刚吃过，主妇在刷锅。多数人思量做点运动，遛狗和散步是主要项目。一位女子，走得极匆忙，仿佛在送一份“限时专递”的白宫委任状，我每次看到她，都想劝她把一步分为三步，免得破坏了整体的宁静，可是不好意思。至于我自己，旧球鞋发出唰唰的响声，旁边，狗在咻咻地嗅矢车菊，鸟在电线杆上扑翅。

我和妻子消消停停地走。天空不但不蓝，反倒是雾气漫成的灰，本来不指望看到灿烂如锦的霞，然而，一轮落日从雾障里跃出，上演独角戏。在《离骚》和希腊神话里，太阳是有私家车可坐的大腕，羲和与赫利俄斯是有驾照的车夫。车前车后，还有全部以云制作的蔽天旌旗，车声隆隆，尘土滚滚。可是，此刻的太阳，在灰色的天幕前，仅仅充当趁布景的间隙出台，插科打诨的丑角。不过，简单有简单的好，上好鸭蛋黄般的色地，教我饱餐后还起食欲。落日的下方，是静静的太平洋，而且，圆得教你惊讶。月有缺时，太阳却永远是最精确的圆规所划的。对着它，马上领悟：“长河落日圆”一名句里的“圆”，不是韵脚，而是诗人在那一瞬间最贴切的视觉震撼。

我和落日一起推移。所谓“落日故园情”，它如剪纸一样，贴在海平线上方，没有遽尔消逝。在前方，一个妙龄姑娘举起一个黑色的小玩艺，对着落日，久久不放下。我明明晓得她拿的是数码照相机，偏要异想天开，将它假设为遥控器。

是呀，如果她的手指一按，落日能上下左右移动，能回放，这世界将增加多少戏剧性！如果她真有这等神通，我会从花旗松偃蹇的枝干下穿越，央求她把太阳固定在二十八年前的今天。那天，我作为移民刚刚抵达美国，傍晚，乡亲带我到海边，夕照如篝火，乡愁如海潮。

我认识多少灯光

友人来电话，说有些资料要给我送来。我说不用，我待会儿要出门，顺便去你家拿好了。友人家离我家不过十来个街区，过去我跑步，一气跑到他家附近的水塘边。晚饭后，我和妻走路到友人家去。一路上，头上有干净的天空。日头刚刚落下时，海那边明与暗的拉锯战已经落幕，澄净的深蓝占领天宇，戒严似的，只有寥落的星和飞机的灯。人行道，大街，前院的花草，后院的树木，微微晃动的路灯，从身旁驶过的车子，我们所居住的日落区，不改的是安宁与和平。

路过一个又一个窗户，要么敞开，要么下了帘子，要么帷帐半掩。这时光，在故土先前的乡村，是陶渊明诗所称的“戴月荷锄归”；在这里，人们也该下班，一家子在饭桌旁团聚。车库里刚熄火的汽车引擎和电饭锅里的米饭一起热着，电视机直播足球赛现场的鼓噪和老老少少的笑声同步起落着。多亏了窗户透出的灯光，坦然展开烟火人间平日难得一见的场面。难得听到里头的人语，可是，即使是窗帷上印着的人影——拿着作业本的孩子、拿着酒杯走动的男人、捏起围裙来擦手的女人、沙发上斜卧的老人，路人也不难感受到一个寻常人家的温情。我和老妻默默走着，有意或无意地把脖子伸长，注视着一个个亮灯的窗户。

我自问：我认识多少灯光呢？在这个社区住了十八年，我走进过多少人家，接受过多少盏灯的照耀呢？可以肯定，万家灯火，个个瓦数不同、款式相异，一如人间的悲欢离合、七情六欲，衍化为千万个版本。可是，我只能远远地看着，灯是如此地自私和自闭，别说我这样毫不相关的路人，即使是同一家人，每一盏灯几乎就是一个隐私小王国，光晕是它的边境。你能走进女儿的台灯光里，去看她收藏在电脑的电子邮件吗？你能随便打开儿子的电子游戏机吗？你能和配偶在床头灯下一起读同一本书吗？我们共同拥有的只有天空——不多的星辰、云絮和电视塔顶端不知所云的闪烁。好在，不愿做非法闯入者，也可以意态悠然地远看，像在故园夏夜看飞瀑似的银河，像注视摇篮里刚刚醒来的婴儿睁开的眼睛一般，看身外可近而不可即的光明以及必不短缺的温暖。

而况，只要不走得太急，凭着窗户慷慨地输出的灯光，所看到的人家前院：成片的草地、精巧的石砌图案、低垂的马蹄莲、门廊下汲水女郎的雕像……也让你晓得，灯光里的人，都认真地活着。那么说来，不认识多少灯光不值得大惊小怪，但是总须喜欢它，不时远远地投以诗意的目光。

被鸟吵醒

一对夫妇，从旧金山市区搬到林木蓊翳的帕拉阿图去。在那里，初春有遍地的杜鹃，晚秋有满街醉红的枫叶，后院有前主人栽培的丛丛观音竹。最惹眼是窗前的李树，枝条低垂及窗，似不胜其沉重。到树下看，绿火般燃烧的枝头，一嘟嘟一嘟嘟的青李子，看一下喉咙泛起酸意。

饱受壅塞和污染困扰的城里人，以“心远地自偏”来解嘲；偏僻之地的居民，耳根是不是清静了？不见得，这家的女主人在新居吃了另一种苦头：清晨被鸟吵醒。她上的是夜班，到凌晨一点才就寝，六七点钟正在酣睡。窗前李树梢头，有翅一族却开始聒噪，先是乌鸦嘎嘎，过一阵，黄莺或者别的歌者应和，序曲似乎带着鄙夷：这嗓门也配？看我们吧！于是，浏亮婉转的叫声愈来愈大，仿佛在比斗。女主人被惊醒，起来关严窗户，鸟声并没低下去，原来鸟的声线格外尖细，在天花板上方乃至沥青瓦片的缝隙穿行无碍。

女主人向丈夫抱怨，丈夫哈哈大笑，说：“巧不巧？就在前几天，和当医生的朋友通电话，说家搬到郊外来了。朋友十分羡慕地说我们从此要享到被鸟吵醒的福份。”当太太的苦笑着回答：“是福不是福，受过才好说。”

平心而言，如果你非被某种声响吵醒不可，鸟叫当然比枪声、警车和救护车的笛声、贴邻开仗、醉汉骂街、孩子号哭等等更应受欢迎。那位医生，因为职业的关系，常常被电话或者呼叫机吵醒，不是报喜讯，说来说去都是病：急症病人送进加护病房，医院要他提供病历；忧郁症和失眠症患者来电诉苦。他所向往的，是一枕酣眠仅受鸟的干扰。

话说回来，如果单单着眼于睡眠本身，那么，吵醒你的不管是何物，都是讨厌的，哪怕骚人把鸟叫捧为第一等天籁。进一步看，如果把扰人清梦的鸟声描写为“诗意的噪音”，那么，我们只好承认，为了饭碗而拼搏的上班族，这阵子并不需要诗，只需要实打实的“好觉”。尽管，闲适之士在松树的美荫下，神游天地之间，吟哦“鸟鸣山更幽”，是如此的风雅。

这里面，并没有高深的哲学命题，只有一个事实：人的需求千差万别，“己之所欲，必施于人”，未必得到好报。一位朋友告诉我，她新婚不久，吃饭时老爱往洋老公的碗里夹菜，洋老公并不感谢，反而问她是不是连他吃哪样菜也要管呀？她委屈得想哭，无非表示体贴罢了，然而被对方误会为“意图控制他人”。

而况，鸟叫并没“动机”这回事，人不喜欢是人的事，怎么办呢？保守的办法是全面改善房间的隔音设施，带侵略性的办法是在户外安装驱鸟器，或效唐诗中思妇“打起黄莺儿”的老法，门角长备一管长篙。

人行道上的老人

午后，住宅区静悄悄的，阳光百无聊赖地洒在灌木丛上。我刚刚和母亲到四十英里外的太阳谷去探望父亲回来，把母亲送回家。母亲下了车，走到门前，掏出钥匙。我像往常一样，待她打开铁闸，进到里面，才开车离开。就在这一刻，瞥见近处的人行道上，一位中国老人，坐在小板凳上，披着一件棉衣。他盯着街上的景物，视线近于凝固，并不随着移动的车子转动沉重的头颅。我差点把他认作父亲，不但脸部轮廓近似，而且中风以前的父亲，在体魄对付得了阳光和海风的日子里，也是这般坐在人行道上，早晨看报，看完便发呆，捎带浏览风景。

教我惊讶的，是老人的脸部线条：黧黑、粗砺、斧头皴一般的纹路，你尽可把它拟作缩小了的黄土高原坡面。这位老人，还有我的八旬老父，在生命的末尾，都有这么一段俯视人世的宁静时光。我没考证过孔夫子临流而叹“逝者如斯乎”，是不是在暮年？据我的臆测，总要老到拄杖的火候，才感叹得如此铿锵有力。到这把年纪，才有资格吟“滚滚长江东逝水，浪花淘尽英雄”；才有分量断定“是非成败转成空”。昏蒙蒙的老眼里，纷扰尘寰，征逐和获得，退让和失落，不那么紧要了。人行道上，杂沓的上班脚步已远，只有和福利金一般稍嫌稀薄然而管用的太阳光伴着。我没空下车去，向老人做问卷调查，但可猜得几分，他在脑筋不大灵光以后，不会想发财宏图和工资支票，也许为从前村里某某骂过一句“王八蛋”记恨，还颇计较早餐吃的粥，肉片太咸，葱花嫌少。记得好几年前，我来双亲家，父亲在人行道上，有点害羞地告诉我，他昨夜失眠，想到少年时一位同窗，他能唱一整本《平贵别窑》，但记不起名字来，这阵子还在苦苦追忆。

人到了晚年，该有一段光阴，专供坐在人行道上，冷静而睿智地看人寰。什么揎臂一呼，什么闻鸡起舞，都和他无关，他只静静坐着，看日的升沉，云的卷舒。风和蜜蜂不传播谣言，花与电线杆的影子不造成威胁，驰过的小自行车牵引他的笑纹。在茫茫的视野里，世界成了模糊的海平面。

剪枝记

总归是无聊的缘故，昨天给门前的茶树“理发”，剪掉侵入邻居领土的一部分，那是通往楼梯的石板路的上方。邻居并没投诉，我是防患于未然。我对这棵永远长不大的树，怀着爷爷对孙子般的感情，它不长高，一似年年上幼儿园大班，以提供快乐为唯一责任。两个多月前，我从故土回来，茶树已满布小小蓓蕾，我感动得手足无措。看啊！树犹如此，树竟如此，以满树繁华迎接久违的归人！可惜，我耗尽了耐心，骨朵儿并没绽开，至多露出胭脂一般红艳的尖尖。看来还得等。

今天，我向门口另一侧的树，动了剪刀。它和茶树，分立两旁，是常绿的秦叔宝和尉迟恭。这一棵可是能长的，眼看顶部要触及二楼的阳台，右侧也行将扩张到车道来。搬了一张可折叠的木桌，站在上面，马上感到“利其器”之必要，这把大剪用了二十五年，从来没磨过。太钝，剪得一点也不利落，但来不及了。反正，多费臂力，权充锻炼吧！

剪下去，绿叶纷纷撒下，一阵清香扑来。啊！是扁柏！我一直以为它是枞树——严格地说，因为太熟悉的缘故，从来没细究它属于何种乔木。清纯的芬芳，带些儿草的腥气，把我拉回童年。乡村老屋的大阳台上，铁皮天井盖子旁边，有两个大瓦缸，缸上栽着葱茏的柏树。打从我记事起，柏树就长在这里，直到去国。此后悠悠三十年，以长寿著称的树，还守护我日逐残破的老屋吗？想及此，竟有点凄楚。往叶间伸下剪刀时，带上点儿怜惜。

这房子，原来的业主是法国来的老太太，曾在联合国当翻译，自称精通五国语言，她不会把柏树和孔夫子的“岁寒知松柏之后凋”联系起来，即使是她栽的，也是巧合而已。早年在乡村，我家的柏树可是热门，全村乡亲碰上婚嫁和孩子摆满月酒，要来我家剪去几茎柏叶，和铜钱一起，由红绳子系着，摆在礼盒上，戴在婴孩的虎头帽旁边。一个星期前，我们的孙儿满月，妻子也这么办，但柏叶是从后院采的。

我仔细地把柏树修成一个半圆，捎带把树旁边的波斯菊也修剪了。这丛金黄的菊花，是邻居的，并不曾越界，但为着它是柏树的伴侣，我善待它。“丛菊两开他日泪，孤舟一系故园心”，这是老杜的感喟。贴邻是没读多少书的老外，遛狗有一套，但不可能文雅。而且，他们上星期搬到隔街去了，胖小子这样告诉我，但没说原因，八成是因为新居租金便宜些。于是，丛菊没了主人。菊花旁边有过一个笨重的消防水喉，是胖小子捡来的。这玩艺，本来是立在街口，下方接着水管的，仅是“上半身”而已，我曾遇到好奇的路人，趋近水喉查看，以为它是能喷水的。这样的无根之物，和贴邻一起离开了。

我带着一身柏树的香气回家，一边掸去碎成米粒大的叶片，一边想：不同的家居，竟有相同的吉祥植物，不能不偷着乐一会儿。

一只糯米鸡

那天午间，和几位朋友进唐人街的茶楼，都是粗犷男子，牛饮劣质乌龙茶，海吃各式点心，兴尽时由一位郑重声明“这次若不让我付账，下次绝不参与”的洋鬼子买单。快要离开时，朋友指着桌上的小竹笼说："这里的糯米鸡蛮不错，哪位打包?"大伙都说费事，不带。我迟疑了一下，有点不好意思地说："你们不要我要。"也没让侍者去拿塑料袋，把糯米鸡用餐巾纸包上，放进夹克的口袋。

出门去，糯米鸡的温热，透过荷叶，若有若无地熨着肌肤。我要拿它送给妻子。妻子正在松树街的一家疗养院里，看护我中风两个多月、尚未苏醒的妹妹。天阴着，风悄悄扫过，秋意在周遭轻灵地盘旋。我想象着，妻子接到我有点害羞地递过去的荷叶包，不经意地问："是什么?"她不会想到，我跑十几个街区专门给她带来吃的。我会卖个关子："打开就知道了。"她打开荷叶，会大呼小叫，惊喜地说："嘻嘻，真不错，刚才还发愁，不知道哪里去买盒饭……"我得意地傻笑。想到这里，一股掺和着凄凉与欣慰的感觉在涌动，几乎想哭。是啊，我很少给同甘共苦三十多寒暑的枕边人送过午餐，尽管我每天吃她做的饭，穿她洗的衣服。让人生充满温暖的爱与亲情，靠平常日子一丝一缕的细节织就。可惜，粗线条的男人往往忽略了。

路上，思绪继续延伸。早年在县城上中学，有一天午睡时间，祖母提着篮子，从十公里外的小镇来看我，带来的陶罐，盛着白花花的米饭和那时极难买到的猪肉，饭菜早已冰凉。没功夫理会了，一个劲地塞，祖母看我的眼珠子凸起，连说慢点。祖母一边美滋滋地看我吃，一边絮絮叨叨地问这问那。我的口腔被撑得圆圆，舌头难以发音，祖母更乐了，银丝在安静的阳光里闪着光。终于，眼眶一热，流下泪来，我被自己说服了：务必常常地为生命中所承受的、无法计算的恩惠所感动，一似灌浆的稻子在雨里频频鞠躬。

按按口袋，搁了这么久的糯米鸡，仍旧温暖着。

陌生人送的甜甜圈

夏天的旧金山湾区，热是热了一些，但阳光不算残酷。安静的人间，草地，繁花和绿树，在蓝天下徐徐释放魅力。我走进都柏林一个小型购物中心的咖啡店。一个人坐在里头，翻着今天的三份报纸。咖啡喝了一半以后，响起人声。是女性服务员和男性顾客的交谈，该是熟人了，交换着比“今天的阳光真不错”深入的客套，比如，“你的发型很好看”“骑自行车多少英里了”。我没抬头，因为思绪胶着在一个问题上：退休以后获得哪些实惠？

是进来时开始想的。十五分钟之前，里头不但没有顾客，也没有店员。抬头看墙壁上的钟，10点50分。供应早餐一般在9点前，午餐以12点为高峰期。这辰光，一如车辆和道路的“错峰期”。忙逼，壅塞，是另外的时段。我高声问：“有人吗？”喊了两次之后，一个中年女子匆忙从工作间走出，一边把手机合上。她以带菲律宾口音的英语解释：“趁闲下来，打一个电话……”我微笑，表示不介意。要了一杯咖啡，付一元五毛。自助式，以电炉维持热度的咖啡壶放在柜台上。我往小号纸杯倒咖啡，加上奶精。吸吸鼻子，并没香味，想问：“搁这里多久了？”但终是忍住，早餐时段留下的，怎么可能新鲜？然而，岂能苛求人家为微不足道的人这微不足道的一杯，而倒掉大半壶，另泡新的？

坐下来，以最慢的节奏喝，味道竟还可以。悟出退休者的好处之一，是享受“错峰”时段。人人唯速度是问，偏偏因人太多而延误，因之产生焦虑，是高峰时段的共同特征。高峰结束，轮到对“时间”没有严重敌意的闲人风光一阵。下馆子，进超市抢减价货，订旅游机票，进银行取款，看医生，体检，但凡有快慢、忙闲之分的，也莫不如此。闲人拣到的众多便宜，归结到一处，无非“省时”二字。压力山大的上班族，为了时间不够用而赶。“有的是时间”的人对时间也斤斤计较，一如富翁敛财，茹素者买肉。于是笑自己的无聊。

尽管我谨守“自扫门前雪”主义，但凭听觉知道，和女店员套完近乎的“自行车男”，坐在离我一公尺的桌子旁边，喝咖啡，吃点心。然后，一桩从未在我身上发生过的事发生了：男人站起来，向我打招呼，我抬头，回敬一声。“先生，能不能帮忙？买得多了，吃不完，送你一只甜甜圈。”我再一次抬头，咧开嘴，认真负责地笑着，不假思索地回答：“当然，太感谢了！我正想买呢!”他扬了扬手，说声再见。我目送他出门。五十多岁的白人，戴七彩头盔，穿花团锦簇的紧身运动衣，七分弹力裤下露出多毛而结实的小腿。看雍容的气度，我有理由推测，他是某个企业的执行长，至不济也是部门经理。

让我感到有趣的，是他把盛甜甜圈的牛皮纸袋搁在我的桌子上时的神情，小心，负疚，怕我拒绝，更怕我把他当作施舍廉价食物的慈善家。不能排除这个可能，若如是，我就自动成为乞丐。其实，他何曾有志于救济，不过是不想暴殄天物，那是要去教堂忏悔的。

吃还是不吃？放在别的地方，陌生人送的食物，常用的办法是偷偷扔掉，天知道是什么玩意？如果受者过度敏感，还发生诸多联想：为什么给我，是我的长相或装束像流浪汉？是一脸菜色引起他的怜悯？然而，我毫不犹豫地吃下去。出于和他一样简单的逻辑——不浪费。没吃油炸甜甜圈至少十年了，口感不错，并不甜。

吃罢，把退休以后的第二种实惠想好了——信任陌生人。

鱼快乐不快乐

小区外的河涌，说风景，并不怎么样。靠近地下水道排泄口一带，尤其浑浊、粘稠，隐隐发出久沤的垃圾的腐味。

绿出腻意来的流水，夹带着饭盒、饮料罐子、矿泉水瓶和纸片。唯一的优点，是从不干涸，如果露出河床，那肯定尽是乌黑的沉积物，教人更扫兴。然而，它有鱼。不时有垂钓者，煞有介事地凝视河面，尽管身旁小桶只有清凌凌的水。前几天鱼事终于出现突破，一位下网的汉子收网时，网眼上挂着七八尾越南鲫鱼，鳞片在冬日黯淡的日光下发出得意的银光，路过的闲人围观着，啧啧称奇。我不能不承认，风光欠旖旎的小桶、“腹笥”居然相当丰盈。不过，这名专业撒网者，下一步可能把鱼送进市场，而不放进家里的锅，为着鱼吃饱了污染物的缘故。

一条河，被证明为“有的是鱼”以后，身价大增。即如我这般和钓竿并无缘份的人，沿河漫步之际，也不禁多了和鱼有关的遐想，以及悬念。无风时平白起了波浪，是“山斑鱼”在逞威吗？这里那里的涡漩，是什么鱼在摆尾？偶尔，见到几条小鱼浮游，优哉游哉，它们果真不嫌水太脏太肥吗？

今天进一步，反古人之道而行，探讨鱼快乐还是不快乐。本来，回答这个问题从来是两面不讨好，说鱼快乐不行，说鱼不快乐也不行，因为你根本不是鱼，无从感同身受。

然而，我以庄子站在“濠梁之上”的姿态，发现河涌对岸一个排水口，聚集着一群鱼。体重超过半斤的，该是够资格上网和被卖的越南鲫鱼；小的，身白且薄，是不是引起庄子与惠子之间千古之辩的“儵鱼”？不得而知。如此众多的一群，如果被钓客和撒网者看到，肯定心花怒放！为了看个仔细，我疾步走到对面，从栏杆后探下身子。排水口流出来的水特别清澈，这是不是吸引鱼群聚集的原因？直径近一米的排水管，通往高级别墅区。从有钱人的马桶、洗衣机、浴缸排出来的，未必格外环保，但似乎特别适合鱼的口味。

于是乎，我大着胆子断言，这一群摆出“葵花向阳”一般的姿势，头部一律向着别墅方向的鱼，是快乐的；严格点说，它们比没有游到这里来的同类快乐。这结论，只需做简单的比较就能得出。倘若在排水口群聚终日，以无声的喁喁享受冬日寒冷的时光，它们并不感到快乐，那么，马上游走就是。一旦有了自由，快乐就是选择题而不是只有一个标准答案的应制体。

不错，人也好，鱼也好，快乐只关心情，最好别深究别墅区排出来的废水，是否会教鱼儿慢性中毒，进而使在鱼市买走它们的食客，从肠胃到神经系统遭到损害。就快乐言快乐，最便捷的就是受骗，鱼叼上经钓客精心炮制的鱼饵那瞬间，是乐不可支的。

我掏出手机，上半身从栏杆竭力下探，要给这群快乐的鱼拍照存证，“咔嚓”一声，鱼四散逃逸。逃的姿态，无论如何算不上“出游从容”，也就是说，不像刚才那般快乐。好在，我一离开，它们就回来。只要排水口的水不断，它们的聚集，以及快乐，就能长久地延续。

这么说来，快乐是“比过去好”的短暂感觉，准此，刚刚从网眼蹦出来，从鱼钩逃脱的鱼，哪怕身体还在淌血，也是快乐的。被判“立即执行”的死刑犯改判“缓期一年”时，是快乐的。

对己乐

夏天，暖洋洋的，天蓝得如此理所当然，教我惊异，为着在彼岸接受了理所当然的灰霾的缘故。走路，一个人，总是一个人。我要郑重声明，在拄杖之前，在必须被搀扶之前，我最后的坚持就是这一条。排斥任何第二者，比如说，朋友，哪怕是最谈得来的，不错，过去信奉黄仲则的诗句：“万事不如知己乐”，可是，那种同气相应的欣幸，驳诘和引伸的快意，且留给巴山夜雨的窗下，留给村夜灯下的“对床时”以及咖啡杯、酒杯当令的时间。但凡用脚的场合，依然以单独为理想。连知己都碍事，更别说因为怕不礼貌，老要想出话来以避免冷场的一般路伴了。朝夕相伴的老妻，同行本没有麻烦，但她老落在后面，不等会被指为“不关心”，等呢，自得其乐又打了折扣。

独行的妙谛，在于与自己相对。人为落单发愁，归根到底，是心灵之中的“我”没有完全独立的表征。成熟的理性的人，在居住于肉身的灵魂之外，还有一个“自我”，他是镜子里的像，是光下的影，二者貌似同为一体，后者为前者所派生，但这个异己之“我”，在你心地澄明之时，是独立具足的。李白举杯邀月，对影成三人，这第三者就是了。问题是，他需要滋养，需要成长，需要深刻的省察，一旦在世俗功利中浸淫过久，他就化入混沌的夜。这么一来，你在四下无人的所在，彷徨于无地，他也不会施以援手。

这个“我”，在路上伴我。我和“我”一路聊天，或者沉默。“我”刻毒地嘲弄我的自作多情，自我膨胀；“我”痛切地反省我多少年前干的昧心事；“我”欣赏我的无为，我的虚度，我的体力，比如，肩上所挎的布袋（这是环保举措，若不从家里带它来，便要在超市付一毛钱买一个）里面有：全麦馒头（8只），北京同仁堂出品的“六味地黄丸”（两瓶），玉米（3根），白菜(1扎)，芥菜（1扎），毛巾架（1个），挂衣排钩（两副），咸葱花蛋卷（1盒），沉甸甸的，这是居家男人的担当，微不足道，胜在俯仰无愧。路上，和“我”相对累了，便让“我”闪开，让我思考和观察。人行道旁边，有天堂鸟花，立在铁闸旁边，窥探屋内（屋内悄无声息），雪白的樱花和紫绛的三角梅，开在屋檐的阴影里。一截土墙向我提示：处处时时不忘“观察”云者，一如作旧体诗的“句句着意”，必露斧痕，必须有所不见，有所不想。

而这一段路，予我的销魂之感，难以言状，这是快乐的极境。狂欢终日，喜极而泣一类，伤筋动骨，并不可取。我还想及，要检验自己独行的火候，一路快乐之外，还有一个标准，那就是：是恨不得马上抵达，还是生怕太快走完？走了大半辈子路，退休前不说，优游林泉的光阴，也无法扭转思维定势，把目的地当作唯一的目的，一路唯“赶”是问。眼下这一程，从厄文街到家，要走大半个小时，却故意选弯曲的，尽可能是没走过的路。从大洋吹来的小风，本来要戏弄头发的，头发太稀，难以施展，便转而向松垮垮的衣衫下手，襟摆飘飘然。行走本身成为美学，成为宗旨，由它滋生满足感，人生境界终于有所提升。

第二天是星期天，女儿、女婿把我们渴望的外孙女带来了。午后带她去公共游乐场。两岁多的小C自顾自地玩耍，一会儿旋转椅，一会儿滑梯，一会儿高台。这是快乐的另一形态。美国人有一隽语最得我心：“不要儿女，直接要孙儿女！”“含饴弄孙”之说有偏差，让人错觉快乐全来自“弄”，其实，你在一旁照看就好，让她玩爱玩的。宝贝奔跑时额头碰上木架，哭了一阵，此外，全程皆大欢喜。究其实，甜蜜之感不是来自戴着尿布的婴孩，而是来自自我。如果我在家当保姆，便要生着法儿逗孩子，教读字母，教说一二三四，捉迷藏，钻被窝，吃力不讨好。在这里，却是“放羊”，小羊羔啃爱啃的草。我不费心机，只要尾随。

也是在华洋杂处的游乐场上，一对华裔母子在玩影子游戏，母亲蹦跶，要三四岁大的儿子踩她的影子。其时日头西斜，光线若橘，铺在沙子上。母亲略嫌肥胖，善体人意的影子却苗条而灵动，在儿子的篮球鞋下夭矫如蛇，儿子踩中影子的头部，打出胜利者的手势。我一边把小C抱上滑梯，视线一边追随不远处的“影子双人舞”，陶醉了。

也许是巧合吧。前天琢磨了小半天，就是人和影子的关系。如果影子离开“本尊”出逃，闹独立，将是怎样的局面？我是纯然务虚，难以理出头绪。这对母子却在阳光下实践了。我作为旁观者，又收获了快乐——不是缘于别人，而是来自自身微妙的联想。

一件文化衫的背面

本来，一趟不出事故不误点不发生纠纷的巴士，是没有写头的。针对日常生活的写作，难处就在这里：从平淡中发现，一如在人来人往的海滨沙滩，闪光的珠贝不常有。而况是午后，上了车，恹恹欲睡。不是一点新奇也找不到。司机就比老油条式的资深同行可爱，一路以纯正得教人稀罕的英语报站，还不失时机地用扩音器提醒戴着耳机的乘客：“你挂在车头的自行车有点歪。”经过作为嬉皮士运动发源地而名留现代美国史的海街，二十多位娃娃上了车，一色草绿色运动衫，带队的青年人多达五位。我感兴趣的，首先是孩子们有没有抢座位，其次是孩子占座的会不会让座。车行十分钟以后，孩子们交出成绩单：没有一个抢座位，原来，都对座位不感兴趣。而况，车上颇空，老人都有座位，他们不必让，其中一位孩子被望梅止渴的中年黑人女士抱在膝上，两人亲昵得教人妒嫉。我看够了，心里泛起的欣慰，一如带蜜味的微波，人生真好！

我一路维持着不是为了给别人看的微笑。车停站，乘客上车下车，趁这机会，二十岁出头的领队把四五个孩子转移到我前面。他是中国人，说一口地道的英语。他的背部对着我，黑色的文化衫上，印着密密麻麻的英语。细读一遍，是“前卫交响乐团”的名单。该怎样描摹此刻的感觉？称为“醍醐灌顶”太庄严，名为“震撼”又嫌夸张；说是刚才的“欣慰”的放大较为合适。今天黎明时分，走出女儿位于宁静郊区的家，面对着密匝匝的树林，一束束金色的阳光，和叶影的光晕，在阳台上交错，我的感觉也类似于此，没有此刻这般浓冽就是了。

我的感动，来自交响乐团成员名单所释放的信息。粗数，乐团共约五十人。想领略旧金山多种族、多文化的风采吗？读它吧！首先会觉察，大多数是亚洲人，而主体是中国人。不必注意名字。美国人的名字，常用的就那些：男的大卫、麦高、可文、马修；女的康妮、文妮、度巴拉、海伦……必须看姓氏，五花八门的拼法所昭示的，乃是一部悲欢交迸的移民史，千汇万状的人文版图。Xiao，Liu，

Huang，祖籍是中国大陆。他们的祖父母，该是上世纪八十年代后的移民，老家可能是广东，其中又以四邑占压倒优势。不然，是近二十年抵达的。姓Tang（邓）、Lam（林）、Kong（邝），他们的家长以香港人居多，小部分是1980年前来的中国内地人。姓氏为Nguyen（阮）、Pham（范）、Hoang（黄），乃是越南人。Avelez，Chapman，可能是菲律宾人。Gonzalez，Chavez，Adana，可能是南美洲人。带“斯基”的，是俄国或东欧人。Smith，Jackson，Washington，是美国的原住民，或黑或白。

种族大熔炉那熊熊的火，在黑色文化衫的后背熊熊燃烧。仿佛看到海关前的人流，移民局里成堆的表格。要么历经艰危，九死一生；要么风平浪静，鸟语花香。熬出头天的，按部就班的，在底层挣扎的……，共同的难关是语言，日常的功课是融入。好在，先辈所吃的苦头，交响乐团的成员们不必再吃。他们已被同化，英语成了母语。背景、肤色、基因的差异，统统消融在莫扎特《G小调第40号交响曲》和勃拉姆斯的《C小调第一号交响曲》之中。他们所演奏的贝多芬《欢乐颂》，把新大陆的血泪，抗争，失败和崛起，都消化，升华，成为和谐的旋律。如果说，第一代移民，难以身免的是牺牲自我，是削足适履式的改造；那么，他们的后代，有了不同的使命，那就是：圆祖辈的以及自己的梦，在主流社会施展才华。

想到这里，觉得眼睛有点异样，眨眨，原来，难以为眼前的学子理解的身世之慨把自己感动了。车到32街，领队和学生们呼啸下车。我拦住“文化衫”问：“你的交响乐团是哪里的?”他笑着回答，是吉尼尼中学的。哦，是我女儿上初中那所。

我目送着排着整齐队伍的小学生，由“文化衫”领头，往教堂走去。原来，是教会组织的活动。眼下是暑假，五位领队都是在校的大学生，在教堂当义工。

早上七时

这时间，万物依然睡眼惺忪。步出家门，举目所见，大抵是老样子。拐角处位于车库门两侧的扁柏树，从来都是自然生长的，有如没梳头的村姑的浓密之发，昨天白天被主人精心修剪过，夜雾悄悄地点染一番，此刻何其鲜妍，矜持。像什么呢？一球球的蒲公英，一串串气球，一体碧绿。

这么早便出门的诸色人等，主要是为了上班，其次是锻炼，遛狗又次之，购物如我（买面包和报纸）更少。候车站，穿牛仔裤的少女，抽烟的大妈，若有所思的西装男子，神情都偏于迷茫，被闹钟从酣睡或好梦中扯出，毕竟有点残忍。候车站旁边的托儿所，大门忙碌地开阖，家长把孩子送来，按了门铃。蔼蔼的灯光，孩子的笑闹声，在门打开的一瞬漏出。

离家最近，因此去的最多的杂货店，一个小时以后才营业。买报要多走两个街区。本区最大的咖啡店，门前一女工把人行道上被清空的垃圾桶推回店里，隆隆有声。小型超市门外用来放蔬菜瓜果的木架上，坐着一个墨西哥男子，我向他微笑，他以西班牙语回敬一句“朋友！”这位华人开的店所雇的“异族”，极为勤快，以手推车装卸，以手码货，一刻不停。此刻，他在等掌管钥匙的老板娘。这个时段，在商店密集处走动，不难见到这样的场景：守时的伙计和因睡懒觉而迟到的老板，前者比老板多了一点优越感。

路上总见到一对娇小的中年女子，看长相，祖先应来自中国南方，她们交谈必用英语，必挎手袋，必并肩，必兴高采烈地辩论，必目不斜视。我揣测，哪个男人斗胆向她们微笑，擦肩而过之后，他必然成为被她们马上开涮的“贱男”。职是之故，我看也不看她们。迎面走来的还有一位身躯伟岸的洋绅士，按社交常规，若彼投来视线和微笑，是要回以点头、问好加微笑的。不料他故意不看我，我乘机省掉繁文缛节。走了一百步，一位站在门外抽烟的洋女士向我道“早上好”，我旋即把刚才攒下的友好倾出，回一句响亮的“您好！谢谢。”

说到这里，不能不触及华洋两造的“路遇礼仪”，如果碰到的是陌生同胞，照例不理睬，连对视也省略。明明知道，冷漠有害于早上的气氛，可是约定俗成，我试用洋礼仪无效之后，终于和冷漠群合流。

从人行道步下大街，一位白人女性驾车，车后排坐着两个小女孩。她把车停下，我指了指她车子的后方，意思是不必让。我从后面绕过时，向小女孩招手，她们回敬以这个早晨最明朗的笑。

救伤车在六个街区外吼叫，路上所有车子都停下，让道。救伤车往海滨方向远去，呜呜的笛声渐渐消隐。不料笛声依然在附近盘旋。我好奇地停步，寻找。哦，呜呜之声来自一只小狗！毛色驳杂的约克夏小狗，被主人牵着，在街上遛，听到救伤车的笛声，便仿效起来。我哈哈大笑，仿佛一轮旭日刹那间溶解雾气，早晨被一只小狗定下明快的基调。

拿着面包和报纸往家里走，心里充满安恬。不是毫无遗憾，这么早出门，还有一个目的：找一份《观察家报》。这份免费周报，每个星期天早上，都被贪图省事的送报员扔在所有人家门前的人行道上。前天是星期天，我在家门口鸟瞰地上的头条："96岁书店老板着手打造诗人街"，甚受吸引，拿进家来细读。当天出门会友，带上这份报纸，出示给诗人朋友，他干脆把报纸要去。我割爱的理由，是在家附近，肯定能够捡到报纸。昨天上午出门找不到，今天起得更早，还是渺然。

第二章　经过时，别错过

车　窗

车上读书，总是妙不可言的，尤其是乘搭旧金山湾区的地铁，非峰期坐靠窗的位置。偌大的车厢才十来个人，静悄悄的，斜靠窗子，打开书，饶你遇到多少晦气事，片刻间便轻松起来。此刻，手里的书，是友人半个小时前送的《泪与笑》。“纪伯伦的散文诗，最新、最齐全的版本。这一本从阿拉伯文直接翻译，里面有不少是英译本从未收入的。”友人这样告诉我。两个年龄合起来一百四十岁的老头子，都是纪伯伦的粉丝。我自己买的不算，他上一回送我的，就有上世纪八十年代出版的企鹅英文版以及台湾版《先知》。归途开读，岂能没有“万物皆备于我”的满足感？

马上发现，车窗投下的光线颇有讲究。此刻，是凶猛的太阳。从书中抬眼，老天蓝成硬邦邦的水晶石，阳光穿越而下，带上棱角，不可见，但可感知。它的张力，汹涌的波涛般，轮番掠过雪白的页面。列车噙住轨，轰隆轰隆地飞驰，离开开阔的平野之后，好几分钟，车内一片昏暗，无法辨字，原来是穿越隧道。然后，列车停下，窗外是站台。乘客进进出出，给书落下绰约的影子。

列车全速前行，车窗开始变花样。一排排黑影，变戏法一般，大树，花丛，电线杆，隔音板，房屋，广告牌……影子五花八门，倏忽间闪现、消遁、交错。纪伯伦的诗句，在光明和阴影的间隙，充满奇幻。打开的一页是《黑夜与黎明之间》，黑夜与黎明，和光与影的息息相关，何等切题！我轻轻诵读：“我在船两侧涂上落日余晖般的土黄，青葱般的嫩绿，天空似的瓦蓝和晚霞的血红；在船帆上，涂上引人注目的奇异画面。……”光陪着我，顽皮的影子，总是把每一页的阅读切割成许多碎片。我一次次地抬头，等待不受阴影侵扰的刹那。忽然想起半个世纪之前读的一本俄罗斯小说，作者和内容都忘得精打光，却记下一个形容马车疾驰的妙句：

“马鞭碰中的路边里程碑，有如栅栏直排的木桩”。奔马的速度，将每一块碑石之间“一里”的间隔缩为“数吋”，是“白发三千丈”式的夸张，但在现代的高铁、子弹火车上是可能的，即便是此刻，黑影的交叠也庶几近之。如此这般，车窗下读书，多了动感。我宁愿让光与影轮流读我的书，我换位当侍读的仆人。

“艺术是由明显的无知走向隐匿的未知的一步路”。“知识使你的种子发芽，却不会把你当作种子抛掉。”“我并无孤独之感，除非人们赞扬我的种种缺点，批评我的样样优点。”“需要证明的真理，仅是半真理。”我闭目，逃离光与影的游戏，以便咀嚼《泪与笑》的这些隽语。油然想起在旧金山坐了许多年的巴士。也是靠窗的座位，也是无数次触摸过的，从湛蓝天宇倾泻的成片或成束的阳光，间或有雨滴和冰雹。更让我心动的，是街旁的成排梧桐树，峥嵘的虬枝具颇大的侵略性，总是顽皮地擦过窗子，以翠绿或黑褐的叶子，报告季节的嬗递。如果幸运，我俯向书本的头颅，会受到若干叶片的爱抚。

列车抵达旧金山，我走出车厢，换乘电车回家。城内的一程，车行于地下。车内灯光，和蓝天下的阳光一般，亮且温暖。没有影子的骚扰，读《泪与笑》更加顺畅。我真不愿下车，要多坐一个来回。下车时，回头看车窗，它啊，含着太多的暗示！

面朝蓝天

我在如茵绿草上躺下，面朝蓝天时，想起海子被广泛引用的诗句："面朝大海，春暖花开"，着实吃了一惊——大海仿佛悬在上方，随时会平展展地降落，把人寰密密实实地罩住。想不起哪一次这样曲肱而枕过。也许，有好些年份，没在广阔的草地上放倒自己了。也许躺过，不敢太放浪形骸就是了。

星期六午后，旧金山下城闹市边缘，这个公园游人特别多。先在草地边的大石上坐，读了一会书。继而看人，小孩子在身边捉迷藏，狗儿也凑兴。累了，便仿效草地上的大多数。躺，原来是一种生活方式。三分之一的人是有备而来的，以背囊当枕头，格外舒坦。但无人在草上铺布或衣服，足见对未必没有狗的便溺和虫子的绿草予以极大的信任。

天无云，蓝得真单调。无浪的大海可与之互换。草并不长，且足够纯粹，无一杂种掺和，整齐更没的说，可知专门的园林工人所开动的剪草机是尽责的。被草合力抬着，感觉它并不短，尤其是风来时一地骚动，若把自己拟为吃草的牛羊，"风吹草低"之前躲在里面，倒也安全。

长久地对着蔚蓝，对视力是不小的挑战，不一会，雪花般的斑点若隐若现，再过一会，跌进睡乡。不知道睡了多久，是被风撩醒的。好调皮的风啊！咯吱一般，在身体四周动作。手机掉在胳膊下。

喧哗依旧，但心已沉没于绿色的深处。一切静止，灵魂被宁恬的毡子托着。仰卧累了，转为侧卧，目光被一面红中间白的墙壁拦住，是歌德式教堂。它的旁边是四十多层的大厦。它们是天空的栅栏，怪不得，即使教堂尖顶把浑成的天穹捅破，丰沛的蓝也无法漫流到陆地上。

转而看草地上的人。两米开外是一对恋人，男的呼呼大睡，女的睡不着，以调戏异性为消遣，爱抚他胡子拉碴的脸，拨弄他的睫毛。装睡的人不会醒来，而况正在享受。姑娘的侵略没有停止，干脆爬上男子的身体，以他的心跳为自己的爱歌打拍子。我木然，既不羡慕也不妒忌。这就是“老”的优势了，风景都已领略过。

往坡上看，一位流浪者模样的老汉，慢腾腾地松鞋带，把脚拔出，再脱袜子。两只脚丫子指向天空，骄傲得可以。巧不巧？他的后面，躺了好久的一对中年男女起来了，慢腾腾地穿袜子，穿鞋子。女的头发蓬乱，眉眼惺忪，靠着男子。这光景，连时间都停下了。

背后响起说笑声，六个大学生，男女各半，在离我不远处坐成半圆，话题该是体操。两位姑娘说着说着，干脆做起倒竖蜻蜓来。可惜动作笨拙，只招来好意的笑。

我眯上眼睛，续上断了线的思绪，追忆从前“面朝蓝天”的片段。少年时期有过，那是家乡的青草坡，草茂密，参差，夹杂蒺藜，不能随处放倒，只能在草稀疏的高处，身边有粗野的狗尾巴草，蚱蜢和蜻蜓交错起落。秋天的天，蓝是蓝，色泽被黄色中和，不深邃，但丰腴，和蔼。那么，有了恋爱的青春呢？躺过亭子间带露水的石椅，躺过河边、湖畔的草地，但那是看月。有了家庭以后，连这样的浪漫也遁迹了，即使有过，也因为太匆忙，来不及酝酿出诗情来。三十六年前初抵这座城市，和儿女在金门公园嬉戏，头顶何尝不是永恒的蓝，然而，没工夫欣赏。

我不挪动位置，一任阳光掠过。下决心不读书，不用力思考，只听任蓝天和我对视，对峙。不能套海子的“春暖花开”，秋天近了。

“一杯热茶的工夫”

美国洛杉矶诗人秀陶的散文诗集《一杯热茶的工夫》中的同名诗，一段妙语教我读一遍即浑身充满温暖：“在所有丈量时间的单位中，没有比‘一杯热茶的工夫’更有味道更富诗意了。那会儿工夫可快可慢，可长可短，绝不似其他的计时单位那样斤斤计较，那样铁面无私般死板。”

是啊，且设想清早起床于北国乡村，打开窗帘，遍野皆白。一手拿杯，一手揭开盖子，桂花的芬芳徐徐洇漫。且设想极忙碌的一天过完，回到家，坐沙发，双脚交叠咖啡桌上，杯口靠唇，热汽缭绕，那是大红袍，或者金骏眉。

再想，但凡不必严格计算时间，又以休闲为旨归的，类似的“工夫”要多少有多少。一杯咖啡的工夫，对我这样的假洋鬼子，毋宁更具吸引力。从前的北方乡村，男人计算时间用“一袋烟的工夫”。天晓得抽完一袋烟要多久？然而，“吧嗒吧嗒”声里，亲切，放达，闲适，以及中国人“凡事只求大概”的特性呼之欲出。

我在街上走，还可以为诸色人等编排“工夫”：抱着熟睡中的五六岁男孩走下巴士的父亲——儿子睡午觉的工夫；以一根可伸缩的皮绳子牵着贵妃狗，庄严过街的老太太——狗狗出一趟门的工夫；梧桐叶摇摇欲坠的人行道上，摆摊子卖小首饰的墨西哥人——做成一宗五块钱交易的工夫；“汉堡王”快餐店门外，流浪汉靠墙呼呼大睡——打个盹的工夫；手拉着手，在绿灯即将转为红灯的三秒钟，咯咯笑着飞跑过十字街口的小情侣——一场幽会的工夫；我在电动扶梯上，前面，两位同性恋男人贴身而站，后面的伸手放在前面的屁股上，多毛的手缓缓移动——调情的工夫；更有“看手机的工夫”，无所不在，无时不在，低头，刷屏，凝神，间或微笑，间或手指尖急速运作，那是写短信。

我看着缆车站对面的街角，一位少年扮已去世的黑人巨星麦克·杰克逊，惟妙惟肖地唱歌，跳舞，一曲唱完搂着听众自拍，固然感悟，这些“工夫”不应用于计时。它过于宽泛，全凭感觉。同是下棋，市场街近地铁站的一段人行道，那些以国际象棋赌博的南美洲人，和烂柯山上的棋客能比吗？樵夫看后者下完一盘，下山时，斧柄已朽，山下的亲人早已去世。

那么，名目繁多的“工夫”只有一个功用——享受其间。秀陶这样享受喝茶：“我凝视杯中，水色渐浓，茶叶有的纷纷下沉，有的又打杯底欣然地上升（半途中它们相遇时也会握手寒暄一番，或者互问近况及动向吧，（它们用的是什么语言呢?）”

借此知道，所谓快乐，无非人生中多布置“工夫”：热茶，咖啡的“工夫”之外，还有：打球的工夫，散步的工夫，望月的工夫，侍弄园圃的工夫，和孩子做游戏的工夫，读诗的工夫，晚祷的工夫，临一幅王羲之的工夫，神游天外的工夫，和长辈聚首的工夫，与爱人相对的工夫——大概而论，一段“工夫”不会长达数小时乃至一天数月。尽管在教堂里，你被成为新娘的女儿挽着臂膀，向征婚的牧师走去时，慨叹“转眼间就从父母的怀抱走向丈夫的臂弯”，以极言时光流逝之快。

从不成片段的零碎“工夫”，举手投足的简便“工夫”，到寄兴高远的仪式性“工夫”，其韵味，其营养，取零存整取的态势，集合起来，就是修养的工夫，享受生命的工夫。

乌鸦看

十多年了，只要人在旧金山，每天必在这大街上走过。可怕的熟习使得感官麻木，诗情遁踪。今天一早，出门买报，满眼老样子：背后，尽头处是可视作沙发“靠背”的海面，斜角随时变换，但花样有限。眼前，目不斜视的庄严女同胞，以中文为主的招牌。刚开始营业的杂货店，以门外货架上的红苹果和黄橙子向满街微弱的阳光叫板。在街旁垃圾桶盖上啄食的两只乌鸦，也见惯了，过一会儿，它们就在街心和屋顶表演追逐。

唯一的新鲜是门牌为2358号的房子。一年多前，一华裔地产经纪购下，价钱为九十一万。这新科业主马上在门外贴出告示：“装修以后上市，敬请期待。”于是乎我兢兢业业地“期待”。一群建筑工人进驻，对上下两层作了脱胎换骨的改造，除了屋顶和墙壁，其他的差不多都换新。最近终于收尾。门外的广告，换为“不日出售。”待到工人把车库旁边的内门也换掉，在地下后部新加的单位也铺上原木地板以后，大功告成。新牌子树在人行道旁：“房屋出售”。我天天路过，自然了解进度，以及身为专业经纪的新主人的心态，这是标准的“炒楼”，指望房市继续红火（去年旧金山全市房价提高了22%），尽快出手，赚十万以上。不是没有风险，买房的钱来自银行，高额利息要付，万一时机错过，便是输家。我犯不着咸吃萝卜淡操心，套句吾乡已故诗人程坚甫先生的名句，这是“兵马纵横闲看弈”。

昨天夜晚，从2358号前路过，之前它因无人居住，建筑工人又不在晚间干活，从来都是一片漆黑的，但此刻灿烂灯火使门前人行道也亮如白昼，里头人影晃动。是时候了，“好的开始是成功的一半”，吉屋开放在即，不能不严阵以待。

九时正，经过2358号，毫无感觉。这一瞬，乌鸦在它的屋顶嘎一声。我顿住，仰看。两枚“老相识”，一在左，一在右，约齐了，把头探向屋内。哈哈，神了！张爱玲有“张看”，这儿是现成的“乌鸦看”。“看”什么呢？

焕然一新但空无一物的待售屋，昨夜摇身一变为家具齐全，气氛温馨的“家居”。乌鸦看到，走廊墙壁上，挂着以红木森林为题材的系列照片。餐厅内，铺上带蕾丝亚麻布的餐桌，银光闪闪的刀叉，葡萄酒杯子。厨房料理台的篮子，满登登的水果。客厅里，扶手椅、咖啡桌、白瓷茶具；卧室，双人床，床头几上的黑色花瓶插着塑料郁金香，一本打开的硬皮书——乌鸦“看”这些吗？有没有感觉？可理解卖屋者的苦心孤诣？这些由专业公司从仓库运来，“摆个样子”的各种玩意，对乌鸦而言，吸引力会不会比从垃圾里翻出来的肉屑大？如此之类均是悬案。然而，乌鸦在刚刚漆过的屋顶边沿的伫立与鸣叫，给嫌老旧的人间注入生气，一桩房屋买卖因它们而带上喜庆色彩。这就够了。何时出手，价钱如何，乌鸦是管他娘的。

我看乌鸦，乌鸦看屋内，为时数分钟。我身边，走过一位送两个孩子上幼儿园的年轻母亲，一位散步的老太太，一条郑重其事的狗。先前，要不是乌鸦叫那一声，我便不理会屋子里头的变化，买了报纸就回家去。

就在短暂的对峙中，一只麻雀加入，但不如身躯伟岸的乌鸦淡定，只顾蹦跳。稍后，一只鹧鸪飞来，高踞烟囱的边沿，发出悠长的“咕咕”。我一惊，原来异国的鹧鸪，啼声和宋词里的深山同类并无二致。还没琢磨出鸟声里的意蕴，乌鸦又嘎了一声，把白色粪便拉在崭新的蓝灰色墙壁上。

视线之内

漫长一生中，想必有过这样的经验：你和一个人告别以后，渐行渐远，一路上你好几次回头，每次，送行的人都在老地方，近距离时是点头、微笑；稍远一点，是挥手；直到即将走出对方的视野，蓦然回眸，依然一个身影，要么凭栏要么依闾，面目尽管模糊，但你晓得那视线一直没有离开你的背影。远行人甚至会感到，背上两处圆点，一似拔火罐般热着，那是对方的目光所凝聚。此去可能关山万里，萍踪十年，忘不了的是目送的一幕，深深别情，浓浓眷恋，尽在视线之内。许是如火如荼的爱情，血肉相连的亲情，才有如许执拗的远望；许是殷殷的期望，入骨的牵挂，才以眼睛作顽强的跟踪。

这样的凝望，可算东方人表达情感的独特方式。美国人爱明来，感谢的话，尊敬的话，当面说尽；拥抱，亲吻，面对面地进行；连开拆礼物，也得当面。中国人偏好含蓄，母亲不会搂着孩子，一个劲地说心肝宝贝，但儿女远行之际，从前，她站在家门外；如今，站在车站月台，机场入口。我十二岁那年离家到十公里外的县城中学当寄宿生，穿着母亲连夜赶缝出来的短袖衬衫，提着她递过来的小皮箱。我说，妈，我走了。母亲在踏缝纫机，头也不抬，只应了声“唔”。不过，我老来背诵黄仲则的名句“黯黯柴门风雪夜，此时有子不如无”时，断定生性内向、绝少对儿女表露爱意的母亲，在我出门后，冲到门口，默默看我走远。万斛亲情，化作舞台聚光灯似的目光，让远行人的背去负担沉重的嘱托。恋爱中人的离别，情感的张力也在这里。你要考察爱人对你的情份吗？如果她把自己的命运和你的脚步连接在一起，那么，你远行时，她的目光是不会早早撤走的。一夜缱绻的次日，你的车子开出老远，从后视镜还能看到门前伫立的倩影。如果她生性高傲，或者刚刚和你呕过气，那么，在窗帘的缝隙，总该藏着一双缠绵的眼睛。

蕴含人间至情的视线，足以教人铭记终生。远行者务必回眸，如果笔直前行，从不回头，你将错过胜于千声叮咛万声倾诉的目光。

城市的气味

忘记在哪本书上读到的了，每个城市都有独特的气味。你去旅游，如果带上灵敏度高，能辨识多种气味的鼻子，就在看风景之外，多上一重享受，或者折磨。芥川龙之介散文《大川河的水》中引了俄罗斯作家麦列日科夫斯基的话："佛罗伦萨的特有气息就是伊利斯（希腊神话中虹的女神）的白花、尘土和古代绘画的油漆味。"他自己则声称，东京的气息就是"大川河的水的气息"。二十年前一位从东海岸搬到旧金山来的朋友对我说："找纽约唐人街，不必问路，凭鼻子就行。"意思是那里臭味熏天。那地方我去过，并没那么吓人。再想下去，便觉得此说失诸玄虚，一个城市不可能像市花、城徽一般"独沽一味"，无非是一种譬喻，有如以花比美人，兰喻君子。以气味来概括城市的特征，是嗅觉上的抽象，如巴黎的炒栗子香，桂林的桂花香。有一年我到西安去，从飞机上鸟瞰，田地上冒着铺天盖地的浓烟，据说都在烧麦秸。于是，那些天，不管我在往华清池的路上还是逛食街，都被混浊带辣的焦味缠绕着。

任是怎样强烈的气味，都难以弥漫至一个城市的大街小巷，除非是焦土战术实施时的烟火气。但是，每个特定区域，是有“嗅觉上的地标”的，例如，在意大利餐馆林立的旧金山北岸区，会闻到迭迭香、乳酪混和番茄酱的味道。在纳山陡峭的街上，走得上气不接下气，每一口都吸进烤蒜子面包的浓香，那是从大旅馆的厨房飘出来的。说到最为稔熟的唐人街，不能不承认，它远不如日本城干净，但没有不堪到尿骚熏人的田地。穿行于五花八门的汉字招牌之下，在比肩继踵的行人之中，闻得到烤鸭和烧猪的香，但那不是来自脆焦的皮，而是腔内填充料复合的气味，以葱和豆瓣酱为主体，杂以八角茴香肉桂，浓郁而不粘滞，是标准的世俗诱惑。还有从海产店溢出的带鱼鳞闪光的腥气，从蔬菜店冒出的露珠一般的青草气，从小吃店扑出的脏袜子一般的臭豆腐气，港式茶餐厅向人行道源源供应的，是葱油饼的香气。但最好还是往虚里说——是刚刚打开大门的庙宇的气息，早已熄灭香火，仍旧将烟气裹在清新的海风里，若有若无的陈腐，附在喧嚣的市声末尾。

然因我对花粉过敏，没有一个猎狗一般好用的鼻子，在旧金山的街上经过，大多数时间是无味。这倒是较合宜的，如果有什么气味逼近，可不是好事——如果在巴士上，那是刚上来一个邋遢无比的流浪汉；如果开车，是误闯垃圾遍地的贫民窟。

对一个城市、一个地区的印象，如果光凭眼睛，你会倾倒于它的景致，但要真正喜欢上它，留恋它，还需嗅觉的认可。前者赖于你的修养，从美学到对城市风俗和历史的把握；但气味仅仅诉诸感觉，它决定着你和城市亲昵到哪个程度。

门里乾坤

几乎每一天早晨慢跑，我都特地走上这一条街，为的是看看这个门口。对这寻常人家，我所知极少，也从没特意打听。在美国，人与人之间所隔的“隐私”之墙，不知比后院的栅栏要高厚多少。只偶然看到两三位白人女性从中出入，其中一位能记住尊容，六十开外，相貌不过不失；因常年施脂粉的缘故，素面带上触目的白，似在青砖墙壁上新刷的、加上蓝靛的石灰。偶尔看到一位年轻的白人女子，推着婴儿车，关门的姿势很庄严，好像从事着神圣的革命事业。我猜前者是母亲，后者是女儿和孙子。迄今为止，我只向老的打过招呼，聊过三句。

说我对人有兴趣，不如说对物。这人家三天两头在人行道和驾驶道之间，摆上一些让人随便拿的物件。就在昨天，我从纸箱子里拣出一本火炬版《英语教程》，站在苍白的天色下，翻开第一页，开宗明义是两个人的对话：“阿比，你是怎样给单词下定义的？”“嗯……就是我永远想不出来的，能恰切地表达我的意思的玩意。”精装本，封皮有污渍，拿在手里太沉了，还要跑一两里路，嫌累赘，想放回去，忽然瞥见，门里头一张白得惨然的脸，眼神又是殷切又是欣慰，是那位惯常坐在门口，“监视”纸箱子的老太太呢，不好意思地向她招招手，算是道早安。为了向慷慨的主人显示，我对她“乐捐”的一切，保持着可与“富比世”拍卖行内面对古董的估价专员比美的热忱。又往底下翻了翻，是一本平装书，关于初生儿哺育的，从临盆之日起逐日开列，怎么喂奶，怎么换尿布，巨细无遗，我想拿走，一下子想不起哪位朋友即将临盆，而自己又无法制造，放回去了。随即记起来，几个月前曾经在这里翻阅过同一本书，迄今无人问津，可见“生孩子”这市场何其冷落。

今天我路过，门外没有纸箱子。略感失望，却看见铁闸后面堆着好几个纸箱子，许多书摆在箱子里外，精装平装，大开本小开本，还有许多瓶罐炊具。如果走近铁闸，当能浏览书脊上的书名。但不敢造次，因为这样窥探，形迹可疑，难保脸色苍白的女主人不拨电报警。我可以肯定，女主人隔三差五地搬到门外，任人随便拿的免费物件，出处就是这简易的储藏室。那么说，铁闸后面囤积居奇的，就是主人施于他人的仁慈。我有理由揣度，于她来说，人生乐趣的相当部分，就是从端坐门外，观看人家拿走捐助品而来。好几次，我在纸箱子里拿起木勺子，拿起越南语自学课本时，她眼睛闪着动人的兴奋，一个劲的说：“不要钱，尽管拿。”让我感到不拿就对不起天理良心。这就是证明。

“施与”是比“接受”丰沛的幸福。我想，可爱的老太太没有把“储藏室”的物件一次性搬出，是为了细水长流地品尝“施与”。一个生命有限的老人，能这般热爱施与，又对施与巧加调度，何其可敬可爱。

家居的幸福清单

闲居而居然可以忘记工资支票、抵押贷款、医疗保险、汽车保险，这是“幸福清单”的第一条，是以下诸条的保证。你有权忘记，就证明稻粱之谋不算迫在眉睫，代信用卡公司追讨过期债务的人没在门外按铃，你得以偷安一时。提到“偷安”，人家也许马上讥笑你的幸福不牢靠。可是，谁的幸福能被打上保票呢？在这个缺乏承诺却偏多危机的世界？如果一路“偷”下去，到一百年才算总账，那就赚够了！

往下：幸福就是一身棉质的运动衣和一双旧得可以忘记其存在的运动鞋。幸福就是清早开门，鸟声和阳光涌进来，下了床却没感到膝盖无力。幸福就是跑步时喘气很急，跑十个街区，还有力气付钱买报纸。幸福就是一杯速溶咖啡。幸福就是窗前一株害羞的蝴蝶兰，终于冲着我开放，害得我不怎么好意思。幸福就是早上没一个推销员打来礼貌周到、教人难以拒绝的电话。幸福就是远方友人发来的电子邮件，大谈钓鱼的乐趣。幸福就是中午居然出汗，提醒我春天并非一味阴冷如前上司的脸。幸福就是午间和友人坐在“星巴克”，说一个只有彼此知道的暗语，相顾大笑，旁边的一对恋人愕然回头。幸福就是登上巴士，居然有座位。幸福就是傍晚开车回家，在路上拐弯，辽阔的太平洋猛然堆满车窗，随即，一枚红得胜过任何美人香唇的落日，迎面扑来，几乎把我击昏，待到我揉揉被映花了的眼，欲细细欣赏，它已经藏到海平线下。幸福就是午后从街上回来，在手里晃荡着塑料袋，袋里一尾业已去鳞的石斑鱼，还在动弹。幸福就是瓦煲溢出的锅巴香。幸福就是晚间新闻没有攻打伊拉克的战况直播。幸福就是一天星光。幸福就是并肩的步行。幸福就是偶尔的喁语。幸福就是女儿进家门，探头到书房，以纯正的乡音，甜甜地叫一声爸。幸福就是把自己放倒在沙发上，听到五大三粗的儿子洗碗的声音，“砰”一声，报销了一只。幸福就是太太在很远的地方唠叨，我诺诺连声，她却不在乎我有没有听到。幸福就是就寝时，不必开闹钟，床头灯下，摊开的是我向往已久的够厚的书。

电车上

出门时，为了消磨乘车的光阴，随手从书桌拿走一本书，上车坐定，看书名《今生今世》，兀自失笑——好几次乘车都带上它。想想不无道理，这本由名声不怎么好的文人胡兰成写的散文集，格外宜于在运动着的交通工具上读。不必斤斤于他写了什么，传达什么思想，只拿它来做触媒，读一段，搁下，看窗外的树、招牌、行人、自行车次第出没，不着边际地想事，味道颇近于钓鱼。读书是放鱼饵，待到思想之鱼、回忆之鱼、情愫之鱼欣然就钩，你尽可暗里喜滋滋地感受鱼儿在线端挣扎的生猛劲。

读罢《采茶》的最后一段，思绪停留在“惟后屋茶灶间有人在做茶叶，即是把炒过搓揉过的青叶子再来二度三度烘干，灶屋里松柴微火，只听他悠悠的嘘一声，双手把镬里的茶叶掀一掀，日子好长。”眯眼看着白得乏力的午后阳光，心里沉甸甸的尽是乡间旧事与故人。

车门开了，大呼隆地下去一些人，上来一些人。旁边的座位空出一分钟，胳膊一侧又微微感到人的体温。我没理会，对着膝盖上的书，似看非看。忽然，离《今生今世》二英寸处，出现一只出奇庞大的便鞋，估计至少有47码。哎，“芳邻”在摇二郎腿呢！大鞋子有节奏地晃动，仿佛是独立的生命，自得其乐着。我不予理会，打开书，不料摇晃着的大鞋子，大咧咧地横亘在视野，几乎要伸进胡兰成的《民国女子》里去。我倒为此而稍稍快意起来，胡兰成写和几个女子的感情纠葛，尽管带着蕴藉的怜惜，然而散发出风流种子的自恋气息，教人恶心。那好，让大鞋子侵略侵略它。大鞋子晃累了，停下来。我顺着“德克”牌裤子，“保罗”牌衬衫往上看，一张洋鬼子的脸，还年轻着，胡子茂盛，教我想起阳光下的草地。

不再看书，品咂着这奇特的氛围。胡兰成的民国，与眼前的旧金山春日，达成妙不可言的和谐。胡兰成的机智、头巾气和故作伤感的腐气，游走在车厢里杂沓的英语和古龙水的香味里。手里捏着的书，怎么甩，也甩不脱鞋的影子，甚而有隐约的臭脚丫子味。

草地上

午后，阳光不改其温吞水的风格，夏日的天空只好陪着，没精打采地泛着没光彩的白。我坐在窗前，看街对面的风景。遛狗的，散步的，跑步去赶巴士的，都看腻了，唯一抢眼的，是花旗松下一个比阳光还白的小小十字架，那是好心人为草地清洁所建立的功德，架上悬一袋子，袋子里塞进好些塑料袋子。被遛得得意忘形的宠物如需出恭，主人可拿袋子应急。向好心人致敬！

我第二次徘徊到窗前时，看到从来没看到过的一幕：两个妇人和两个小孩在草地上忙碌，大人从开黄色小花的草地里拔出一棵棵植物来，菠菜一般大小，水嫩的绿带着鹅黄。小孩子兴致勃勃地当运输工，一把把地捧着，堆在一个地方。我心里一动，他们在采野菜！哈，这片每天在家必然面对的草地，长年被自来水灌出来的葱绿，至多以白的蒲公英、黄的矢车菊唤起诗情罢了，不料还蕴藏着如许功利！我也许从此不必天天上菜店了。

跑步下楼，在妻子惊诧的目光中走出门，横过大街。半蹲在草地上的大人以更惊诧的目光盯着我，我连忙微笑着，说广东话，免得被误会为是来下罚单的。老婆婆七十来岁，脸色红润，笑口佛似的，可见日子十分之滋润。她知道我没有恶意后，低头拍打植物的根，归成一堆。我问："这是什么？""金钟草。"广东中山的乡村口音，我只能模糊地记住近似发音。"能吃吗？"我郑重地问，这才是我所在乎的，如果能，我将不时趿着拖鞋，冒着踩上狗屎的危险，趁晨露未干来一趟。这将是规模极小但诗意盎然的"守拙归田园"，只要是能进口的：马齿苋、荠菜、蕨菜、苔菜、富贵菜、银丝菜、水绿菜……我一定采集。眼前这位专家，只要我足够礼貌，当然会把烹调术传授给我。脚下的蒲公英就是食品，故国叫婆婆丁，可惜还不会煮。

老婆婆的口音难分辨，问了几次，才明白，这不是野菜，是草药。"治什么病？""也不是治病，是拿来煲水洗身，能止痒。"看来，充其量是护肤品。"要这么多呀？"我问下去。老婆婆白了我一眼，不再搭理。她的小孙孙，边把玩野菜边咿咿呀呀地插嘴，大概是抗议我扰乱了游戏。我不甘心，再问年轻的女子，她说，哪里是药？是供小孩子玩的！

鱼店里

从新乡里演变为老金山以后，在逛了二十多寒暑的唐人街上，唯一的优越性就是：面对熟悉的商店，能像翻书般，从一眼到底的门脸翻到昔日。比如这家鱼店，我可以回溯它二十年间的沧桑，围绕这个由靠近人行道的三个摊档所拼合的小店，发财雄图的灿烂与黯淡，当小老板的艰辛与豪迈。如今，它在卖鱼的手续上独树一帜，别家都是先过磅，再刮鳞，开膛、清理内脏，付钱是最后的手续。这里却是付款在先，然后把鱼交由专业人士处理。

地板湿漉漉的，墙壁水淋淋的。窗台后面的陈列柜，铺着雪白的碎冰，冰上偃卧着整条的鲟龙和剁开的鲩鱼，鱼头上浇上不知哪弄来的血，腥红得过了头。我买了一条介乎“生猛”和“冰冻”之间的石斑鱼——所以如此措辞，是想说明，它并非以小网从鱼缸捞出来的活物，也没有死透，尾巴勉为其难地动，老板为了招徕，以“冻货”的价钱脱手。

付钱后，我把盛在塑料袋的鱼放在柜台，柜台后面三位专业人士中的一位，麻利地拿去，唰唰地运刮子，乒乓地挥刀子。我定睛看着寒光在他的手周围闪动。扫视一下三位同胞，都穿着白色塑料工作服。放在平时，他们会抓紧机会聊天的。上次来，他们一边利落地挖腮去肠，一边谈赌球、赌马。我看着，相当感动，想，卑微人生中的琐屑乐趣之首，该是谈天。女人从飞短流长中获得隐秘的快意，男人从高谈阔论中获得酣畅的发泄。

才一分钟，我的石斑鱼便给塞进塑料袋，再凌空飞到我面前的案板上。就在此刻，我发现案板旁边，放着一盆蝴蝶兰，枝条如旦角的水袖，委婉地伸到鱼池上，水晶石般的紫瓣，开得正盛。美的侵略如此不可思议！伧俗是市廛的本色，尖中带嘶的叫卖声，顾客和售货员讨价还价的喧哗，水声，却有平地一声雷般的出尘之雅，那是翩翩的兰。有了兰，三位师傅谈论普希金和海子吟咏大海的诗，在花影中穿梭的鲫鱼将小池误作海洋，顾客将师傅工作服上斑斑点点的血误作雪地的梅花，这类奇迹，也变得顺理成章了。

加油站内

我在给车子加油，先把输油管的开关卡在把手上，好让它往油箱自动灌注，然后，拿起加油站所提供的刮子，往肥皂水里泡泡，再在车身上刮。车子刚刚淋了几场大雨，并不脏，此举出于无聊而已。加油台后面有人向我打招呼，低头一看，是白人小伙子，手里拿着一个塑料油罐。他半蹲在车门旁边，问我能不能帮忙。年轻的、叫人信任的长脸，胡子没来得及长出，下巴的线条有如刀削。语气绝无谄媚的成分，如其说他向我讨钱，不如说他向我讨十八辈子前欠的债。我喜欢这姿态，大凡和常人有异的举止，往往教我起好感，至少是惊奇。

“对不起，我为了加油把仅有的二十块钱花光了。”为了加重说服力，我把钱包掏出来，当他的面打开。

年轻人的马脸掠过一丝嘲笑，小幅度地摇摇头，说：“我不要钱，只要一点儿汽油，拿来发动引擎。”可惜，待我听明白他的意图，把输油管拔出时，油已加完。我说：“对不起。”他没勉强，只对着塑料罐子发呆。

“慢着。”我打开车门，拉开方向盘旁边的小抽屉，掏出一把零钱（那是为停车表准备的），递给他。他似乎轻轻说了声谢谢，似乎没说。我不计较。

他懒懒地直起腰，提着塑料罐子，往加油站的收款台走去。在斜阳下，我看清，他个子高，挺拔，骨架大，穿着旧出气派来的牛仔裤，裤腰滑到屁股中段，裤脚拖在水泥地上，这么一来，不能不步履维艰。

忽然，我感动起来，不是为了微不足道的施予，而是为了和一个未知的生命的交会。在我把一把钱币放到一只大而白皙的手掌时，我看到它微微颤抖着。这位开破旧小货车的汉子该是外乡人，为什么流落到这里？他神情这般落寞，是心里受了伤，还是刻意扮酷？他是失恋，还是憧憬着爱情？

我在加油台前站了好一阵，他没从收款处走出来，还在里头交涉。也许钱太少，收款员不愿劳动自己，给罐子灌油吧？

人生的路，一似加油站四周，随便你开上哪一条。我和他并不相干。

落日楼头

我在旧金山滨海的住宅区一住就是二十八年，它叫“日落区”（Sunset District）。说到起名，美国的区域，远远没有中国的花样多，光看新建小区的名字，动不动就豪庭、国际、水岸、碧洲、绿轴、花园、香堤、海景。地产大亨所雇请的广告创意总监，诚然发挥了天才的想象力，但多半要打折扣。好在，日落区能看落日，一如张爱玲赞许过的上海滩电影小广告，“说放映什么就是什么”。

在日落区，我这个最普通的居民，只要不是雾天，也没下雨，黄昏，坐在落地窗前，肯定看到一丸上好鸭蛋黄般的日头，从电线网下降到花旗松的针叶间，再往大海边沿下坠。定睛看，它慢条斯理。不耐烦了，掉头看电视机的晚间新闻，才一瞬，它就被海平线切去一半，再眨上几眼，它沉没，留下半海血似的涟漪。

今天，我没待在家，站在街上，对面是长街。余晖在窗户上的反光，炫花了眼。一路看过去，一户人家的大窗子，就是一张阔银幕。墙上的画，时钟，窗前的花，家具，做饭的主妇，做功课的孩子，对着手提电脑的男人，聊大天的主与客。这一带的住宅，阳台多建在后部。屋前，要么没有阳台，要么太窄小，聊备一格而已。用途极为有限，记得起的，是我的贴邻——年近九十的白人老太太，十多年前在“9·11”恐怖袭击的次日大早，她颤巍巍地站在屋前阳台上，挂起一面旧的美国国旗。

阳台既小且简单，自然缺少配套的栏杆。提起阳台和栏杆，不发思古之幽情则已，一发就想起相关的诗词，最顺溜的无疑是辛稼轩的“落日楼头，断鸿声里，江南游子。把吴钩看了，栏杆拍遍，无人会，登临意。”头一句，说中了眼前，第二句以下，就不靠谱了。从来没听过雁叫，尽管在蓝天淡远处看到不时变换队形的雁行不难。换上鹧鸪反而好办，比阳台高两米的电线上，不时有非中国产的鹧鸪栖息，但你别指望它鸣出“行不得也哥哥”的凄声。吴钩剑这冷兵器不合时宜和地宜，换上一支AK47呢，在户外“看”，难保邻居不报警，下一步，将被警车包围。那么，精简为“落日楼头，江南游子，栏杆拍遍”，倒相当贴切。“无人会，登临意”是绝对的，管你是在中国拿了“屈原奖”的诗人，也没有权力强迫从门前人行道经过的遛狗人，领会你沐浴晚霞，远眺近观的旨趣，他宁愿看狗跃起咬飞碟。

我反躬自问，我家屋前的小阳台，拿来干什么？坦白说，木栏杆和地板，我油漆过两次，还捡过几回羽毛球，但不曾一本正经地凭栏看过风景，栏杆拍是拍过，但声音没诗意。还有一次，脚踏栏杆，为家里的电视机和电脑接线，稍有点惊险。

想着想着，带着一丁点儿遗憾，回家去。万万想不到，一个阳台后面，蝉翅般的纱帘，映着一个女子。她侧身坐在阳台后的窗前，最后的余晖洒满粉红色家常春装。风吹帘动，縠纱一似远处的海波，把身影映衬得格外迷离。现代版的“斜辉脉脉水悠悠”，幻想版的“望尽天涯路”，过气版的“虽信美而非吾土兮”。我失声惊叹，阳台终于飨我纯中国风的诗情！我向家门飞跑，近了，才知道，阳台上的倩影，原来是老妻！

回头，承托日头的海水快撑持不住，浪花格外起劲地鼓噪。落日不以为意，施施然沉没前，最后露出边缘，一似美人微笑的朱唇。

斜立的海

每一天，休想逃脱，被太平洋缠着。早晨撩开窗帘，它从花旗松的针叶间挤出，堆满餐桌。出门，二话没说，跟着走，连手里的手机，屏幕上也总是它的反光。黄昏，海是无远弗届的舞台背景，以落日为主角。按说，普普通通的星期天午后，人气不旺，大海的表演欲不算强烈。我一天内至少走两三次的诺里爱格大道，是东西走向的宽阔街道，贯通日落区，由位于山坡的第一街，以平缓的斜度延伸到海边，长度约四公里。我此刻的位置，离大海一公里，手里提着白菜、叉烧和大头菜。即使我是最容易激动的狂想家，此刻也不指望熟得不能再熟的海洋，翻什么花样。可是，我惊呆了。

因为平平地躺了无数世代的大海，突然“坐”起来。我打个踉跄，站定，凝神，不是出现幻觉，不是被什么对照物误导，不是色彩的忽悠；而且，除了我，并无人注意，尽管今天凌晨三时一百英里外的纳帕谷发生6.1级地震，但没有海啸警报。候车站，一位妙龄女子靠着教堂的墙壁，对着小圆镜专心修理几根不听使唤的假睫毛。

我在街上走了几个来回，变换角度，确定大海有如沙发的靠背，斜角约为45度。怎样宏大的背景啊！色彩与午间九点的天空无异，白天教人舒心的蔚蓝，被夜掐注恰到好处的墨汁，变为具古典意蕴的乌青。且把海面想象为唐代长安的水边，捣衣女子棒杵下一块蓝绸缎，泡在清凌凌的河里，被巧手揉啊揉，把忽闪忽闪的星斗搓掉，把一团团多事的云掸掉，再用尽气力抻平，挂起。然而，不要误会，此刻天空是淡蓝的，和大海划得清界线。

我把连片屋宇，横过大街的电线，急吼吼地冲出林荫道的小狗，悠悠然爬坡的71号巴士，骑滑板轰隆隆滑向大海方向的黑人小伙子，往斜立的大海上“贴”，总粘不住，不是因为距离太远，而是因为都太小。幸亏右下角适时地出现一艘小艇，雪白的，桅杆犹如图钉，铆定在波纹中间。那也好，任大海干干净净地打皱、翻动好了。不是没有看头，在右上角，一艘十万吨级以上的红褐色集装箱巨轮，底部贴着海平线，移动极慢。左上角，又是一艘，浅灰色，小一些，两轮被海平线连在一起。据说热衷于美食的诗僧苏曼殊，经不起某俗人的央求，铺开大宣纸作画，只在顶端左右两方各画一只小不点的船，以下尽是空白。围观者哗然，这算画吗？最后，他以一根线把两船连起来，旋即掷笔，吃饭喝酒去。眼前一幅巨无霸，把苏式空白置换下来，用什么呢？王鼎钧乡愁散文名篇有一句：“我从水成岩的皱褶里想见千百年惊涛拍岸”，且调过来，用的是：从千百年惊涛拍岸想见的“水成岩的皱褶”。

把卧改为“斜靠”，并不算极端。记得八年前，中风以后的父亲，在疗养院进入生命的倒数，不能言语，无法进食。我载着母亲去探望，归来时也是午后。母子为至亲者的病情担忧，都眉头紧锁，一路无语。在101公路的一段，母亲忽然冒出一句：“那是天空吗？”我定睛看，不，是海。颜色如乌鳗的背脊，海的上方，广阔的蓝才是天空。顿时，我惊骇无比——大海是直立的！一面墙竖在前方！我不敢把这感觉告诉母亲，只轻轻说一句：“快到家了。”

海可以直立，斜立。然而它不会为此而倾倒出咸咸的水。人间并没有受到惊扰。即使是最可怕的海啸，也是从平铺直叙的海面发生的。那么说来，大海这类稀罕的姿势，纯然是为了人增加新鲜感而已，善哉！美哉！

灯 前

常常想起词句：“夜深儿女灯前。”单用三个词——时间（夜深），人物（儿女），地点（灯前），就渲染出一幅色彩浓烈的“天伦图”。它出自辛弃疾的《木兰花慢·滁州送范倅》，前面一句是：“秋晚莼鲈江上”，也是三个词。以萧瑟季节的客思铺垫于先，“家”的温馨氛围更加突出。今天晚间七到八点，多数人家的开饭时间，天气清爽，无雾遮蔽，我走出家门，在大街一侧的林荫道徐行，从打开帏帘的窗户，逐一浏览“灯前”。

一路走来，憬然而悟，“灯前”虽一目可见，却分若干层次。较浅的一层，见诸上述经典。设想你是离家多天的旅人，坐了半天飞机，半夜才到家门。先从窗子看，孩子为了等爸爸，还没就寝，坐在沙发看电视。妈妈在厨房里制作孩子明天的饭盒。只一眼，就教父亲欣喜若狂，冲进家里，叫一声“回来了！”热烈的拥抱，亲吻，问好，欢闹。灯光成为最可恋的暖色，覆盖在每一张笑脸上。家的永恒魅力，尽在这里。

这样的灯前，说平常也够平常。放在战乱之际，则更深一层。读过老杜的《羌村三首》的国人，都背得出“妻孥怪我在，惊定还拭泪。”这是历劫归来。“夜阑更秉烛，相对如梦寐。”这是旅人在家的第一个夜晚。“娇儿不离膝，畏我复却去。”这是一家的团聚。二者相比，论冲击力，感染力，后者自然具无可争议的优势。只是，你可愿意成为九死一生的归人？

只要多看几眼，便发现“灯前”的人，固然千差万别；“灯前”的活动，也并无标准动作。这一家，两个女儿分坐长桌两边，在争论着什么，几步开外，是跳华尔兹的父亲。我猜是父亲笨拙的舞步逗乐了孩子。那一家，长沙发上露出三个人头，所对的大屏幕正转播美式足球实况，旧金山淘金者队四分卫普尼克一气推进201码，一家子狂热鼓掌。一个孩子在沙发上蹦跳，被妈妈制止。窗帘半掩的一家，围着圆桌吃饭，热汽盘旋的天花板下，零星的盘碗和勺子的碰撞声。它的隔壁，有人在哼歌。隔着黑了灯的几个窗户，一个小窗口前，一个秃头男子，支颐独坐对着电脑。走过一个街区，一个竖式窗子被拉起三分之一，下方钻出一个头发蓬乱的老太太，她对着楼下的车道，留大部红胡子的男人正叉腰而立，两人热烈地对话。这些属于“互动式”，其中至为动人的，自然是儿女与父母都出现的场景。

然而，日常生活不可能充满激动，“灯前”并非爱情语境中的“花前月下”，看了一路，不见热烈的拥抱，更没有卿卿我我的缠绵。（当然，这和窗帘没关有直接关系）。至于合家团聚一类，更多的是孩子埋头于电脑或手机。母亲在厨房，父亲在客厅，各自为政。

可以推测，“灯前”的亲子关系，偶然地，有严厉的训斥，顶嘴，摔门而去，此外，就是这样宁静的氛围。在灯光的辖区内，你不必没话找话，不必表演，不必做不愿做的事，都感到舒服。别忘记，这平淡到有时教人发腻，教人巴望“来点事”的一切，是因为有一个坚实的基座，那就是：完整的家。

风不止时

午后，旧金山郊外的住宅区，车声零落，偶尔有电锯的钝响或电钻的啃龇声，是从密林深处传来的。地面几乎没漏下超过硬币大小的阳光。我在窗前，玻璃门外的屋檐下，一台早已过期的塑料捕蝇器大幅度地晃荡，透明的上端微微颤栗。视野再扩展些，阳台雪白的栏杆外，密匝匝的叶子和枝茎无不舞蹈。大风刮了大半天了。我的心猛然一颤！想起“树欲静而风不止”，想起英语童诗：“当树向你频频点头，那是风在吹过。”谁能够断定，“欲静”是树的集体民意？代万物立言的人实在多事。

由此想起今天的另一次心灵颤栗，那是清晨，耀眼欲花的太阳下，草地边缘的波斯菊，一株株白得如此无辜，已教我心动；更惹眼的是，都约好了，顽强地静止着，风不能施以丝毫影响力。也许，这是所有“低姿态”群体的共性，扫视周遭，草地不动，蒲公英不动，薰衣草不动。当傲岸的芦苇纠缠于折断还是生存的两难境地，卑微者以不变的静应万变。站在凹凸不平的草地上，静谧带上极目处大海的银灰色，栅栏外的两棵枞树，高高耸入蓝天。叔本华说枞树是人类最好的朋友，信然。姑且将之拟为在开阔上写下大大“静”字的巨笔吧！

所谓“万物静观皆自得，四时佳兴与人同”。外界的静，归根到底来自心境，这是晚年才省悟到的。不错，陶渊明的“心远地自偏”念了四十年，但一直将这“远”理解为和庙堂的距离。昔年终南山上的隐士并非不巴望山口驰来钦差大臣的快马。如今思维才真正转了向，轻易被星星旁边云絮的漂移，飞鸟在电线上掠过的弧线，小男孩在秋千上扬起的头发，这些绝不起眼的瞬间所吸引、所感动，因为心境宁静的缘故。没有皱褶的湖水才能呈现不被歪曲和割裂的倒影。这个宁静，当来自“无欲”，别说以占有或发泄为目的的物欲和情欲，即使是被人赋以非功利色彩的“诗意”，说到底也是自作多情，因为内外二者不存在因果关系。所谓“万物为我所用”，物的存在，仅仅为了诗人寄兴。此刻却不是，物就是物，它们自在自为，诗人别想把它们掳走，当意象的“人质”。“行到水穷处”是你的事，云起云落和你坐在咯屁股的岸石上悠然却没一丁点关系。想通这一层，人生踏实了，在院子里逛是单纯的逛，无“逛”外之意，“步”外之旨。

这一点生活智慧，不来自自家的顿悟，而是来自和我同来的婴孩——十六个月大的外孙女。不错，我是她的监护人，我的视线要一刻不放松地追随她，她跌跌撞撞地跑，我要提防摔倒，特别是披上绿色伪装的低洼处。我要把她抱过小沟。可是，我绝无“养儿防老”一类想头，也不曾把她抬上“小天使”的位置。此刻和她一起玩耍，享受她奶声奶气的笑和偶尔的哭，就是一切。最平淡的过程，一如堆满雪白细沙的河滩，此刻天下所有的美和善，都成了无孔不入的清水。

把小宝贝领到草地中央的苹果树下，仰头，叶间的果子如婴孩红嘟嘟的脸颊，才和鸡蛋般大，到了秋天，就大如鹅蛋了。草地上也有，她发现，捡起来，我一看，是被鸟啄掉半边的，我连骗带抢，在她放进口里前拿过来。说话间，一只苹果坠落，无声无息，因为承托它的，是柔软无比的草地。婴孩从地上捡起什么，递给我，我接过，是半根松针。接着，递来一块泥土，一片枫叶的碎片，我一一虔诚地放在手里。这些渺小的物体，和周遭的宁静十分协调。我融化其中。

于是，我对自己说，这就是另外的巅峰体验。区别于得意忘形、饮泣长夜。情感上的登峰造极，造成的心理波动久难平复。写到这里，抬头，捕蝇器晃荡依旧，旁边的小小风铃，金属棒上端，有三栋精致的小房子，一动也不动，形成了饶有趣味的对照。我不明白所以然。然而，喜欢这一切，不管动还是不动。

如果“厌倦了伦敦”

读十八世纪英国著名作家约翰生的名言：“一个人厌倦了伦敦，也就厌倦了生活。”想到，语中的“伦敦”，换上别的地方，如旧金山、纽约、上海、广州；甚而换上乡村、郊外、草原；乃至换成某种生活方式，如流浪、蛰伏、隐居，都可能成立。如果不钻牛角尖，这段语录的要旨是：在一个地方待久了，习惯了一种生存状态，如果有一天对之厌倦起来，那么，这一情绪未必光和“那个地方”、“那种状态”有关联，而是对生活整个地厌倦了。这种厌倦，教你在迁移以后，改变生活方式以后，依然驱之不去。在动荡的现代，在这方面多加思考，可较为理性地处理紧要的人生大事。

比如，如今中国人的双向移民潮方兴未艾，一方面，海外的思量当海龟，国内的争先恐后往外跑，孩子涌去留学，富豪忙于转移财产，并营造狡兔之窟。非走不可那一类不说，有相当部分条件不具备，但要出走，理由在“厌倦”。他们不约而同地假定，“外面”比“里头”好。灰霾铺天盖地时想那里坦荡的蓝天，看到水源被污染想那里的自来水比瓶装水还干净，进一趟医院想那里的免费服务，挨上司一顿教训想那里的言论自由，被小偷抢了手机想那里的安全。按理说，以当今资讯的发达，国内百姓对海外的了解，也是前所未有地充分，从前的万元户，声称“能认出洗手间哪是男的哪是女的，你在美国就畅通无阻”，如今晓得这一知识只够对付内急，但无助于解决生活诸多难题。可是，一旦难以全盘接受人生当下的憋屈，便抛弃理性，一门心思是：出去再说。出去以后，站在人海茫茫的唐人街头，才知道这里并不曾为新来的中、老年人提供起码的安稳和快乐，语言、身份、生计、看病、消遣、社交、未来，没一样不教人挠头。有一部分，由于儿女早已定居，事业有成，他们前来投靠，既马上有了家，又有丰富的天伦之乐，这较为幸运的一群，仍旧有许多苦恼。住在郊外的老人家，每天接送上学的孙儿女和做饭之外，连电视也看不懂，寂寞，苦闷，还不敢向人诉说，怕招来一句：活该！

本来，厌倦“伦敦”一个地方，搬离就是了，然而，如果厌倦的是生活，搞不好，可能只剩一条出路：搬到“死”那儿去。所以，抱怨“伦敦”的种种不是，也要想想“伦敦”的好。我们都有这样的“伦敦”，你在它的怀抱里活了许多年头，它必然有难以尽述的佳处，待你在异乡辗转于一张嘎嘎响的破床，多年的邻居，闭着眼也能回去的街巷，乡音，乡俗，都会召唤你。

岂止“伦敦”，连婚姻也是。一位在美国居住了二十多年、结婚超过四分之一世纪的朋友，因为亲属移民，和老婆产生矛盾。冷战之后，声称忍无可忍，打算一离了之。我劝他先不采取任何行动，让怒气消退以后再考虑。理由是：这段教他厌倦无比的婚姻，建立在“下一次娶的比她好”的期待上，可是，我对“下一次”不抱乐观。为了孩子有双亲，为了晚年不折腾，抱残守缺比另起炉灶保险。除非他连结婚也厌倦了，就此光棍终老。

不要厌倦你的“伦敦”，因为厌倦是你“不要”整个人生的先声。

赌城旅（二题）

一——读村上春树

去全球最著名的赌城拉斯维加斯，如果是中国人，带书无疑是头号禁忌。二十多年前，我不识好歹，在开往赌城雷诺的巴士上读书，乘客一个个怒目而视。我恍然大悟，我和同车的同胞，虽自诩来自礼义之邦，但此行谁也不愿变为“孔夫子搬家”。不过，这次我和老妻来，压根儿没指望发横财，我往行囊塞上两本书，她没有异议。在赌城的旅馆，第一个晚上，早早醒来，读点书。绝非自炫清高，这时间，除非下楼去当赌客，在房里能做的事有限。

打开的是村上春树的随笔集《无比芜杂的心绪》。此公以小说名世，我对他的“非长项”并没抱很大期望。不出所料，不算精彩，难得的是译笔尚算流畅。读它，自然远比到楼下灯光辉煌无比的赌场，和百家乐、牌九较劲优胜百倍。以《为Tony Takitani而作的解说》为题的短文，教我想起一件和赌城有关的近事：一位在拉斯维加斯居住，但最近回国的文友昨天发来微信，说赌城郊外一位诗人，从山西移民到这里才三年，开一家小面馆，他想和我见面。他会开车，但不懂英语，不认识路，正在找向导。我连忙回复：餐馆小老板极忙碌，不必为此奔波，以后找机会。在微信讨论一番后，见面之议作罢。末了，文友告诉我，痴心于诗的老板，最近上网浏览我的作品之余，琢磨一个问题：为什么取这样的笔名？我晓得他的潜台词，我的笔名“荒田”，其含义和赌场里的“书”一样，是近于晦气的。对此，我没加解释。不过是名字，非要微言大义吗？

村上春树此篇也和一个名字有关，情节简单：他三十年前游夏威夷，在毛伊岛一家廉价旧货店，买了一件胸前印着黑字“Tony Takitani”的黄色圆领棉质T恤衫。他不知道Tony Takitani是何许人，只能看出是日裔美国人。从此，村上每次穿上它就想，他是谁，住在哪里，T恤衫为何而制？那年代没有互联网，“只能在脑中任意想象”。这个悬念，到上世纪九十年代后半期终于破解——从网络查出，Tony Takitani先生，八十年代初以民主党候选人身份角逐过夏威夷州参议员，这件T恤衫是竞选用的。后来，他在檀香山当律师。

这桩事，放在别人手里，价值该止于此了。但“想象”是作家村上的职业。当年，正因为对这人物一无所知，才促使他“突发奇想”，“单单从一个名字，从它的声韵开始，一个故事便诞生了。如此一想，只费一美金的T恤衫应该说买得太便宜了。”

我发会心之笑，呷着旅馆提供、自行泡制的廉价咖啡，想象这位山西诗人的模样。友人说他为人极厚道、热诚，常常在自开的小餐馆举办赞助中国留学生的活动，闲时爱写诗。我这块“荒田”，会不会变成他笔下的诗？若然，区区被他“想象”成什么呢？一块持久地荒芜的田地，他是怎样描摹的？有没有顽强的狗尾草和染满秋霜的芦苇？开不开花，诸如单调的波斯菊和爱流浪的蒲公英？收获是肯定没有的了，他为我惋惜还是庆祝？荒芜未必是坏事，但不值得恭维。

他也在我的想象中——憨厚的中年人，沾满油渍的笔记本是藏在厨房某个角落的。圆珠笔写下的诗句歪歪斜斜，带着指印、菜汁以及他老家最有名的老陈醋。诗行倔强地在内华达沙漠上延伸。他下班以后，肯定常常走到门外，仰望幽蓝的夜空。星辰寥落，和赌城的灯海没得比，但那才是他心灵的皈依。

二——“掖”床单

入住赌城的“西点”旅馆，半夜被冷醒，要盖被子，才想及被子被身体压住。起床，费老大劲儿，把边缘塞进两个床垫之间缝隙的被单拔出。重新躺下，但睡不着。失眠既有延长生命之功，还促使我思考。走遍天下旅馆，概莫能外的事实是：被单都“掖”在两张床垫之间。表面的是薄床单，第二层是毛毯子或棉被。这一放之四海而皆准的旅馆客房“标配”，功用不言自明，一走进房间，床上，没有折痕的雪白床单上，只有枕头，不见被盖，何等整齐，清洁，明快。

这种“看不到被子”的床，早在近三十年前，教国内一位来美公干的高干出了小小洋相——他抱怨晚上冷得睡不着，但不会“阴沟流水”（英语），又怕被讥为“土老冒”，不敢给客服部打电话，只好晚晚瑟缩床上，终于害上重感冒。二十年前美国热播的情境电视喜剧《Seinfeld》（国内译为《宋飞正传》）有一集也提到，两个主人公入住旅馆，各占一床。遇事爱咋咋呼呼的乔治和清洁员郑重讨论，他的床，被单务必不塞进床垫之间。解释小半天，才让母语为西班牙语的女工明白过来。我当时看到这里，在心里骂他多事。如今我赞成床单“不塞”。

为什么？因为此举除了“好看”以外，一无是处，首先，增加了旅馆清洁工的工作量。旅馆越是高级，对这一环节越是在乎。清洁工之外，还有巡查员检查，非要床单和床垫在外观上浑然一体，像刚刚烫过一般平展。无怪乎初见世面者不晓得床单下有的是被子。于是乎又多一环节，到了晚间，清洁工逐个房间敲门，问客人要不要把床单拔出来。为了增加温馨，清洁员询问完了，道晚安时送上两块巧克力糖。可惜此举与其说是高级的殷勤，不如说是滋扰。其次，给客人增加麻烦。年富力强者好办，老人家和小孩子则要沿床走动一圈，把深深塞进床垫之间的床单和被子一点点拖出，那可够呛。

推而广之，人间万事，除了“好看”，别的方面不是徒劳就是有害的，占了多少比例？追求“好看”的动力是人类的自尊。表现自尊有两个途径：虚荣和实荣。托儿斯泰曾在小说里发了这样的感慨：“……因为人是那么多，故虚荣亦是那么多……虚荣，虚荣，到处是虚荣，即使在墓门前面！这是我们这世纪的特殊病……为何荷马和莎士比亚时代人们谈着爱，光荣与痛苦，而我们这世纪的文学只是虚荣者和趋崇时尚之徒的无穷尽的故事呢？”两百年过去，虚荣充分发育，成熟，变异，到了网络时代，它就是利益、潮流、热点、生命意义的代名词。连这年代最值得骄傲的“速度”，也主要地，为虚荣而设。

“好看”，对旅馆而言，当然是头等大事。失眠的夜晚，我暗自庆幸，床虽不温暖，但远离地下的大赌场，听不到通宵达旦的喧哗——从角子机的叮当声，俄罗斯轮盘旁边的惊呼，到穿性感袜裤的女侍应生们叫卖酒类的娇声。帘外的天色，倒是本色的幽蓝。我穷极无聊，竟在想一个也许可为环宇旅馆业节省难以计数的工时的伟大问题：撤掉“掖床单”工序，让客人更加宾至如归，在“省事”和“美观”两方面取得均衡。

这等事怎么轮到我操心？和“掖床单”一样，脱掉裤子放屁而已。

最是那一低头

早上九时多，广佛线正值客流高峰。我和老妻躬逢其盛。座位是断然没有的了，但站并不赖。人虽挤，却未至于摩肩接踵。丰沛的冷气，把六月的暑气全然消解，一如天凉好个秋。我靠着车厢壁站着，趁机做一次“田野调查”——看乘客们在做什么。

乘客的主体是年轻人，上班、上学、开会、送货、见客户、谈恋爱、旅游，应有尽有。老人为数不多。粗略估计，我所在车厢的乘客，闭目或不闭目地养神、发呆、想事的占一成许，与邻座聊天的占一成许，照顾孩子或老人的不足一成，打电话的只两人，其余七八成都在看手机或Ipad。一个俊朗的小伙子进来，施施然戴上耳机，掏出手机，打开，点击，开始看漫画剧。环视四近，不管是坐还是站，低头族极为投入地刷屏。连热恋中的情侣，女的头靠在男的肩上，各自的视线还是屏幕，使我怀疑，他们为恋爱付出了百分之几的注意力？是不是关系已稳固到连卿卿我我都成为累赘？

车到祖庙站，人进进出出，三位少女移到我跟前。看模样，都不到二十岁，两个长发，一个扎麻花辫，都比我矮得多，我可以先研究她们的头发。青春的生命力何等骄人，乌黑，浓密，闪着油光。她们都拿着手机，不用查看牌子、型号、容量，但看套子，无不精巧，颜色缤纷，就晓得是她们的至爱之物。

跟前一个女孩往手机上点击一下。随后，她仰头五秒钟，神情满足，自信，望向车厢壁，若有所思，显然，全部心思凝于即将打开的“潘多拉盒子”。随后，她低下头，纤细的指尖在屏上轻盈地滑动。

一俯一仰，教我蓦地想起徐志摩脍炙人口的诗句：“最是那一低头的温柔/像一朵水莲花不胜凉风的娇羞”。一味低头，韵味出不来；引颈抬起，稍加旋转，顿挫恰如凉风拂过的水莲花。我们多少次哀叹，现代科技把古典蕴藉的诗情收拾殆尽，电脑字库里没有翰墨，微信群没有茶汽，面对面的视频没有剪烛西窗。可是，骂归骂，谁舍得丢掉微信即时互动的方便而驰驱千里、雪夜访戴？

低下头去的小姑娘，就此沉浸于网络世界。油光水滑的辫子时而微微晃动，那是她在键盘上敲打字句。我偷窥她所流连的平台，不敢过分靠近，好在看得清屏幕。追星族的世界，“登封造极”（我想了好一阵，才明白这“封”似是“封面”的意思），韩国超热野兽派，野性魅力席卷亚洲，朴灿烈、李东健、金芝荷、金秀贤、权相佑。时装，时尚，层出不穷的购物网站。她在两个微信群逗留得最久，可见是她的乐园。她开始上帖，敲下数字，嘴角漾起微笑。对方即时反馈，她又敲下一行字，肯定是得意之作，她非要和伙伴分享不可。接下来，三颗年轻的头颅紧靠，对着麻花辫子的手机窃窃私语。同一时刻，我凭着站的优势，看到一青年男子在读网络小说《异界药师》，一中年人在看微信段子，一背包客在搜索某个关键词，一西装客在查股市曲线，一连衣裙姑娘在图表上操作，一戴厚近视镜的女士在比较购物网站的夏季泳装。

手机主宰人生，是幸运还是不幸，随你说去。唯一的事实就是：不可逆转。我对此不热心也不排斥。少女刷屏时一低头，却教我明白，手机文化自有温柔；这一刹那的娇羞，一如李清照的《点绛唇》：“蹴罢秋千，起来慵整纤纤手。露浓花瘦，薄汗轻衣透。见客入来，袜刬金钗溜。和羞走，倚门回首，却把青梅嗅。”

巧不巧，和我一起的老妻乘这趟地铁也有发现：大多数年轻人不穿凉鞋，而穿皮鞋、布鞋，且配袜子。

月亮的光，太阳的光

老妻对我说，刚在街上偶遇年过六旬的女乡亲阿彩，阿彩再三嘱咐她，代她向我道谢。老妻说："她说起你的帮助，感动得两眼泛泪花，可见不是客套。"阿彩是我老家邻村人，年龄虽比我略小，但早已有内外孙儿女五个，出国前是老实巴交的农民，八九年前移民来旧金山，与女儿一家团聚。她和丈夫刚来那阵，我见过一面，因并不熟，连有没有过交流都忘得干干净净，何以她如此郑重其事？

老妻告诉我，阿彩说她抵达旧金山之初苦闷极了，女儿一家四口境况不大好，住一个车库改建的小单位，她老两口挤进去，只能在小客厅角落，拉一张帘子作卧室。和女婿合不来，常常呕气。找工作没人要。老公整天挂念在老家的儿子和孙子，眉头从没舒展过，但不对她诉苦，一味抽烟。最亲近的女儿起早贪黑地上班，回到家忙于照顾孩子，和母亲说不上话。阿彩每次和女婿发生冲突，夜里思前想后，泪水湿了枕头，真想推醒鼾声如雷的丈夫，说："我们不如回去？"但怕挨骂，也怕受村里的乡亲讥笑。

阿彩强调，这么多年下来，只有一个人对她说过教她感动一辈子的暖心话："身为新移民，难处谁都有，我们当初和你还不是一样？咬咬牙，挺一挺，就过去了。不要说撤就撤，试一段时间，确实无法适应再考虑。"阿彩对老妻说，就靠这几句话支撑，她和丈夫度过水土不服期，早已从女儿家迁出，如今夫妻有了稳定的工作，日子越过越顺心。阿彩指出，我就是这位给予她精神力量的"贵人"。老妻说完，我苦笑自问：我这般说过吗？即使是，也不是什么"金句"，无非重复一遍一茬茬老金山对新乡里的欢迎词。

教我惊异莫名的，是我何以成为惠而不费的"唯一"？物以稀为贵，阿彩不算短的金山岁月，居然极少获得别人的同情，理解和鼓励。她为人木讷，不善言辞，难得向人敞开心胸，是一方面。另一方面，暴露了底层民众亲情上的致命缺陷：心心不相通。

先说与她同床共枕四十年的丈夫，他可在乎过妻子半夜的饮泣，白天的叹息？进一步，妻子对家庭的付出，他可表达过感谢？哪怕一年一次，在她的生日宴会？这是中国男人的通病（我也多年如此），一概把至亲者周全的爱意，克己的辛勤，视为不可或缺的"本分"。"肉麻话说不出口"是我们共同的借口。

再说阿彩的后代、亲戚、熟人，只要她还能走动，没有住院，就被认定为"身体没事"，至于她精神是否健康，心事有没有化解，谁也无暇顾及。设若阿彩在路上邂逅乡亲，情不自禁地诉苦，对方一定心里不高兴，嫌她软弱，多事，敷衍几句就开溜。

想起一个著名的比喻：人们都珍爱月亮，迷恋皎洁的月光，却忽略太阳，不但视之为势所必至，而且常常派它的不是，如炎夏太热，雾霾天隐身。我们有意无意地抛弃一个常识，太阳乃是光的源头。在处理家事方面，所犯的错误与之类似——把亲人无声的奉献当作“题中应有之义”，对亲人总是冷漠，“舍不得”说赞美话、感谢话。这种颠倒，在“客套”“体面”的旗号下，对陌生者、疏者的百般逢迎时，被对比得更加突出。

阿彩的感谢，于我，其实也是教训、警诫，让我明白，必须尽可能多地给人间献出善意，千万不要以“谁又在乎我”为遁词，拒绝扶持任何一棵风里摇摆欲折的小树。

第三章　试说新语

正经之脸

大半辈子，看了多少张脸孔？有这样一张，仅仅惊鸿一瞥，但事过三十年，依然常常记起。它的标签是难以言状的“正经”，无法否定的正派，其纯洁无邪，其无垢无瑕，教人一见就产生无限的信任。

那是一个平常日子的午后1点多，从旧金山下城进入中国城的31号巴士，算得恰到好处，既不人挤人，座位的八成也坐了人。我从市场街的站上车，在靠近车门的双人椅上坐下。座位前方是面积较大的空间，供乘客上下车，左侧是过道。我打开从车站旁边报箱拿的免费小报，先看头版的新闻。尽管巴士后头有好几个空位，但好几位站着。一点也不奇怪，手扶横杠或直杠站立的华洋人等，不是京剧《法门寺》里的小太监贾桂。专权的刘瑾让贾桂坐下同他说话，贾桂不坐，恭恭敬敬地说："奴才站惯了。"站在我面前的，一色青年才俊，只为锻炼脚力，或为节省下车的时间。自然，拄杖的，手够不着栏杆的，排除在外。

凑巧今天的报纸有看头。头版下角一方块，登新鲜的本市轶闻——一位姓雷的老翁，年登八十，在唐人街警察局门口突然倒地不起。原因是：他三天前路上遇劫，匪徒用木棍往他头上狠狠打了两下，他晕倒了。好在只被搜去口袋的几枚硬币，他醒来后被警察送医院检查，并无明显的受伤症状，就回家了。其实伤处在颅内，血徐徐渗出，变为脑部淤血，所以再次晕厥。我从姓氏的拼法猜测，这位老人家，很可能是乡亲，家在潭江边……

想入非非之际，衬衣的左上口袋旁边，似乎有人碰了一下。我不当回事，旁边就是过道，乘客上下车难免以襟摆或手袋拂到。下意识地按按口袋里的钱包，硬硬的，还在。

继续读下去。雷老先生被送进旧金山总医院，经诊断，医生马上替他做开颅手术以清除淤血。护士把他推进手术室前，替他脱去所有衣服，以便换上病号服。此时有一教护士目瞪口呆的发现——破旧得教几天前的年轻劫匪碰也不愿碰的夹克，居然在夹层放着好几张年代久远的报纸，报纸里头，藏着现钞一把又一把，全是百元钞，护士一一清点，合计8.3万美元。我惊叫：好家伙，把“半栋房子”随身带着！(那一年，旧金山日落区的单家庭住宅，一栋才十六万元，相当于现在的八分之一。)

就在这一刻，左上衣口袋再一次被人碰触。我依然循下意识按了按，鼓鼓的还在。联想起老先生的巨款，想象他那今晚铁定上晚间地方电视台新闻的著名夹克，何等风光。我的钱包绝对不能望其项背，但碰巧刚才在市场街百货店买了一支才三块多的儿童探热针，以一张百元钞付账，店员找回颇厚的一元和五元钞，我连同单据塞进与名牌毫不相干的钱包，于是，一向“羞涩”的“阮囊”居然肿胀，以致放进上衣左上袋时颇为费劲。

继续读报。接下来，护士从夹克里层，再掏出四十二本银行存款折。我的好奇心聚焦于“为什么”。原来老先生是上世纪四十年代来美的，一直为洋人当园丁。早年他存款在银行，银行倒闭，他的血汗钱泡汤，从此大部分现款不放进银行户口。钱放在家怕被盗窃，遇火灾，所以，把身体当作保险箱。一篇新闻，把什么都交代清楚了。

我合起报纸，松一口气。左上衣口袋第三次被碰触，来势比前两次凶猛，感到钱包被抽拔。以手按了按口袋，钱包在呢，神经过敏罢了。这一刻，面前一个人靠我特别近。我无意间抬起头，一张无限正经、正派的脸孔在上方。是侧面，线条之流畅自不待言。年约三十，拉丁美洲裔，肤色白皙，笔直的鼻梁，丰润的嘴唇，线条匀称的颊部，壮实的颈部，真好看！教我惊叹的还是表情——他凝神望向车窗外，近处，一排汉字招牌；远处，绿树、云。俗称“金字塔”的泛美保险公司大厦的尖顶，他眼神如是陶醉，专注。我被深深吸引住了。热爱生活的人，面对着闹哄哄的人间，怀着向往与好奇，就该如此吧？慈祥的祖父，隔着幼儿园的栏栅，看孙儿在里面踢球；纯情的诗人，在构思一首隽永的诗。他就是这一类美好情愫的化身——我差一点赞叹出声。

看累了，把久仰的头低下，视线立刻碰到一块雅致的围巾。是他的。围巾离我的左上袋只一寸，围巾边沿伸出三只手指，是他的。纤长，白皙，灵巧（不在钢琴上弹德彪西太糟蹋了！）就是这些手指，十分钟前伸进我的口袋。没有得逞，仅因偶然。

我终于醒悟。那张正经的脸，旋即消失——巴士到站，他下车了。

野草人寰

早上出门，马路对面一辆旧丰田车后面，一个女子在抽烟。这几乎成了此间的风景“标配”，只要时间对，她和车子必在那里。女子依然妙龄，但身板阔厚，不大“妙”了。是抽烟使然还是反过来，出于对“豆腐块”体型的仇恨，破罐破摔，大抽其烟？不知道。

接下来，蓝天下的一切，笼统言之，均非第一次所见。电线杆上的鹧鸪，垃圾桶上的乌鸦，后院的酢浆草和酸模花。背手迈八字步的清癯书生，是被我没来由地认定为“习易颇具心得”的；总是以幼儿园孩子的眼神看人的老太太，被我猜为丧偶多年者；银行的女柜台员，把车停好，步履轻盈地上班去，一个得体的微笑总会送来，第一次该是二十年前。遛贵妃狗的白人老先生，爱听我夸他牵着的调皮鬼。路过一户人家，门开处，又一张熟脸孔，斯大林式的胡子，他每天一早都做一种特殊的功课：给楼上的老太太送报纸——她打开窗子，伸出颤巍巍的玉手，他站在人行道，往上一抛，从多数跌在窗台下到多数命中，花了多少年功夫。教堂所开的幼儿园，带孩子来的家长陆续出现。

天天如此，必然如此。妙不可言的重复，有老天爷的功劳——旧金山的极端天气甚少，一年之间的早上，大多数是这般晴和，搅和一眼到底的蓝天的，只有捏捏扭扭的雾气。于是，大多数早晨，都可以贴上这样的标签：“你看我的一天，就知道我的一年。”

想起这一句时惊觉：这早上的景物似藏玄机。由此，我琢磨“司空见惯浑闲事”的审美价值。如果不是误记，“你看到我的一天，就知道我的一年”一句，最早见于郭沫若介绍诗人鲁拜的文字，在松明的烛光中读它，是在乡村当饥寒交迫的知青的岁月，它教我痛心疾首，面对窗外的绵绵阴雨，长叹：何日挣开腻煞人的死水？每一天都有晨曦一般鲜活的生命力？

然而，今天，我为渺小之极的重复着迷。是典型的老人心态吗？从激进变保守，从愤世到认命，从求变到求“千万不要变”。也许是吧？生命的逻辑谁能忤逆？但这只是一方面。另外一方面，难道我们可因为人生过于刻板，平和而厌弃，它的反面是不是我们所要，所能承受？

梭罗是这样赞美“野草”的：“有一万个农民整个的春天夏天锄它，然而它仍旧占优势，现在正在一切路径、牧场、田野和花园上胜利地生了出来……它们这样精力旺盛。我们竟用卑微的名字去侮辱它，例如猪草，苦艾，鸡草，鲋花。”退一步，即使被日复日地拷贝的平淡人生被激进者卑之为“野草”，也以“自在地疯长”为表征，而这正是值得珍惜的“正常”。问题在于，我们往往失去参照物（何等幸运！）欲求简明答案，且访问叙利亚难民营。

我一边想着，一边走路，为自己的低能感叹。即使承认这就是“近于完美”的人生，也没有矜能的资本。至少，缺乏两种本领：破解“日常”的奥秘，挖掘每一个体生命的人性差异，表现静水的“流深”；以宗教的淑世精神，参与点点滴滴的社会改造工程。

风来，远处，海波卷舒。去杂货店买报回来，抽烟女子已离开。我心生愧疚。刚才对她妄下评断，何曾晓得她的经历和为人？也许，抽烟和她的身板并无干系，也许，她的心灵史是一部震撼人心的诗篇，如果我怀起码的尊敬，和她交上朋友，未必不能发现一个不下于蓝天的迷人天地。

相当愉快地度日如年

张爱玲最后的散文集《对照记》有这样一段：“悠长得像永生的童年，相当愉快地度日如年，我想许多人都有同感。”

确实，童年岁月以“长”为特征。不过，它的“相当愉快”，主要地，不来自和“求学”有关的事体。旧时代，童蒙的课本、作业簿，是和老师专打掌心的戒尺挂钩的，未必快乐到哪里去；今天的儿童好一些，但如果说上学的趣味超过游戏，则低估了天性中对秩序和强制灌输的抗拒。童年的悠长，在钓线周围无边际的涟漪上；在端部附小块糯米粽子的竹竿贴近知了之际，发颤的手和急跳的心上；在“龙舟水”浑黄波浪间赤条条的翻滚中；在巷子深处捉迷藏的呼唤里；在禾堂凉席上，卧看牵牛织女星的眼神内。疯玩了一个上午，肚子呱呱叫了，回到家，午饭还没做好。这头扮演“三英战吕布”，在墟场撒野，好不得意。那头有伙伴招你去拍“公仔纸”。滚铁环的青石板路，和去外婆家的山路一般长。如果童年充满不幸，那又如何？且看丘吉尔的名言：“幸亏它给予我这么多磨难，不然生命会更快地走到尽头。”

然则，童年以后呢？大家也对下面的想象有同感：光阴一若高山上的泉水，开头一段，纤细，缓慢，高兴怎么放慢就怎么放慢，一路有小潭，有弯道，有轻抚水面的万京子树，深入溪流底部的树根，加上无所不在的鹅卵石，务求延缓流速，果然或多或少地成功。只是，泉水一旦出山，海拔所赋予的加速度，加上众水汇流，跌宕，奔泻，一眨眼，哗哗声“已过万重山”。

究其实，光阴之所以有不同的速度，乃基于人感觉上的差异，与被钟表和日月分割的岁月是两码事。带极大主观随意性的“速度”有三种：苦难中的慢速，平淡中的中速，快乐中的快速。张爱玲的名言，粗看是不可能的，一如无法拥有“甜蜜的痛苦”、“失败的成功”。速率和“水深火热”一样缓慢，而又“相当愉快”，这等好事，超过了“腰缠十万贯，骑鹤上扬州”。

可能吗？我给自己出这样的考题。较为方便且“同感”者甚多的途径，自然是“返老还童”。但只可能是逢场作戏。即兴式，客串式，不能成为生活常态。

且尝试其他方面。但凡乘搭过邮轮的，都获得比平常日子密集、浓郁的快乐，然而这旅途并非一味花天酒地，急管繁弦。热闹之后，一个人依栏眺望无边际的蔚蓝，遮阳伞下读几页隽永的诗，别有低回之趣。而观其总体，时光并没有被“享受”压缩，遭“舒适”删减；反而比平时还长，长成带海风微咸的韵味，人在缓缓移动的光阴之水中潜下，当自在的鱼。

“邮轮”和“岸上”，两种人生的区别在于心的负荷。你上船之后，决心把所有烦恼都卸在岸上，海上之旅，心灵处于“放空”状态。是故，你赢得悠闲，愉悦，却无光阴苦短的遗憾。由此可见，只要随时清空灵魂里的赘物，拥有大海黎明一般的宁恬，就有能耐把时间当作手拉面，以诗意的手法抻长，牵出春雨一般的丝缕。

说是这么说，被断肠之哭造就的长夜，排满呵欠的永昼，一眨眼，填充物换为快意的微笑，思绪带着龙井茶般的隽永，而且，为时间制造节奏的脚步，自行车辐条的闪光，都从容如空中的鸽哨，不受任何外物的催迫，达此境界，谈何容易？

那么，且尝试另外一种——投入最具挑战性的创造，它因难度极大而充满诱惑，因难以勘破内核而焕发神秘。你咬牙，闷头与之死磕。其间的艰辛难以尽述，你多少次灰心，绝望，打算退出，但还是横下心，赖着不走。最后，突破属于你，成功属于你，你或多或少地贴近永恒。悲壮的行旅，可打“相当愉快”的总分，而这样的“度日如年”，毋宁是最高级的消遣。

“拙”一回看看

炎夏，和友人游鹤山古劳方圆五百亩的莲塘，摇橹的村妇把小船驶进莲叶围拥的水面，我一手挡住舷边的阔大叶子，一边高吟汉乐府：“江南可采莲，莲叶何田田！鱼戏莲叶间。鱼戏莲叶东，鱼戏莲叶西，鱼戏莲叶南，鱼戏莲叶北。”豪兴难以言状。一位同船的“80后”勇敢地提问：“是不是有点啰嗦？说来说去不过‘鱼戏莲叶’。”我解释说，这是古代的民歌，重复咏叹自有迂回之趣。另一位自命诗人的年轻人遂仿作一首：“早晨齐集合，正步在操场，步伐向东方，步伐向西方，步伐向南方，步伐向北方。”“还不容易，看我的。”接下来，至少三位“初生之犊”即席作出含东南西北的五言诗。我和他们一起大笑一场。游戏而已，不必当真。

是晚在家读清人笔记《秋窗随笔》，其中一则：“杜诗：‘西川有杜鹃。东川无杜鹃。涪万无杜鹃。云安有杜鹃。’是古词《江南可采莲》调；昌黎《庭楸》诗：‘朝日出其东，我常坐溪偏。夕日在其西，我常坐东边。当昼日在上，我在中央焉。’亦类似。古人拙处正自不可及。”

马上记起鲁迅名篇《秋夜》的开头：“在我的后园，可以看见墙外有两株树，一株是枣树，还有一株也是枣树。”以鲁迅的渊博，不可能连不朽的《采莲歌》也没读过，但不能就此认定他这一段脱胎于“鱼戏莲叶”。鲁迅违反常规的表述，为的是强调局促斗室，目力及处风景的单调，以之烘托心境的憋闷。这一段并无多少玄妙，“拙”而已。而“拙”的本义，是技术含量有限，中小学生写得出，怕只怕被老师加上“叠床架屋”的评语，分数不高。

写至此，我也想仿效莲塘上不知天高地厚的年轻人，“拙”一回看看。比如，从书房的窗外看，就别墅群来一段：“一个屋顶是朱红色，还有一个屋顶也是朱红色”；或者写稀罕的蓝天上的云：“一朵是带阴影的白色，另外一朵也是带阴影的白色。”马上自我打分：不及格。这样的句子不是拙，而是俗滥。

原来，“拙”不是自出生起维持下来的幼稚，若然，幼儿园就是研究生院；也不是没有提升过的“低科技”“零技术”，若然，日出而作，日入而息的农耕不该被机械化精细化取代。拙是从“巧”尽头的回归，是浮华之后“返朴”。同理，“赶科场”以后的“归故里”不可与窝在“故里”，靠着墙头打盹一辈子的老乡亲混为一谈。换个说法，拙不能“作”出来，只能自然地流出来，但其间有转换，蜕变。所谓“智可及也，愚不可及也。”在小聪明无所不在的国度，“拙”更不可及。

此刻，灵感不至，我“拙”不来，幸亏有现成的三个例子，昨晚读书得一：蒙古民歌《吐固勒吉山》有一句：“从东边看过去，云海茫茫”，往下，还从西边，南边和北边看过去，从四个方向看，就唱四遍。你别笑歌手贪图省事，云海从哪个方向看，都是划一的“茫茫”。（见于鲍尔吉·原野的散文《蔚蓝色的鸡年》）。

今天早上所亲历二。一，挎包的拉链头脱了，难以拉动，我为此去修鞋小摊。师傅是祖籍四川的中年人，他先剪开末端，把新拉链头嵌入，再缝合。活计并不简单，而拉链头也是他提供的。我从头到尾看他操作，心里想，没十块钱怕不行，后悔没先问价。修好以后，他说了价钱，我把十三块递过去。他说：“就三块。”把多出来的退给我。原来我听错了。其二，我在街旁的玩具摊档，看中了“钓鱼”的游戏盘。我问价。老板说三十二块，我按照“街旁小贩必漫天要价”的常例，还价二十五块。他说二十八块。我同意了。他给玩具换上新电池，试开。我点头。他把玩具放进盒子，还说“旧电池也送你，别的玩具用得着。”我谢过付钱，他只收二十五块，说“够了”。

往换了拉链头的挎包放上玩具，回家走。太阳毒辣，笨拙地施以一身淋漓汗，我的快乐不下于坐船游莲荡。

“拾得”谈

古人论做诗，称“拾得”的境界最善。我以为，这主张指的是“不硬凑”。以捡东西为喻，先是有物，然后有“拾”。东西如果是某人故意抛下的，如传统戏码《拾玉镯》里的傅朋，路上“设局”，果然成就良缘，那是特例。

具体到写作，无“物”而有“拾”，是“为赋新词强说愁”的初级阶段，不足取法。那么，写作的契机是“无意”。“春风十里扬州路”之于杜牧，“昨夜雨疏风骤”之于李清照，“康桥”的清波梦影之于徐志摩，该都是被诗人“撞个正着”。写作上的“拾得”说，排除苦吟，硬写；没有灵感，没有触发，宁可坐等。

但我不谈诗材的发现，诗意的酝酿，只想借“拾得”谈青年人找对象。许多大龄待婚男女往往面对一个难题：没有遇到“合适的”。他们去相亲，回来对急切等候好消息的长辈的回答总是这个。如果遭到催迫，他们无往不胜的挡箭牌也是这个。长辈不高兴，他就反问：和不合适的草草结婚，不久就离了，岂不更糟？

他们心目中的“合适的”，准确的表述该是：让他（她）

怦然心动的，一见难忘的，马上擦出火花的，短暂接触即爱得死去活来的。他们渴望的是什么？触电的感觉，一天不见面就丢魂的感觉，一旦分别就六神无主的感觉。他们为迄今体味不到“一见钟情”而遗憾。在婚介市场，作为买方，他们挑选，极为耐心，严苛，无数次货比货，无数次斗心计，没把握时找闺蜜乃至长辈助阵，反反复复地折腾，说到底，就是要在最后高喊一声：“对了，就是他（她）!”择偶上的“拾得”到此才算完成。

可惜，这种多半发生于青涩时代（比如说，刚刚步入青春期）的恋爱模式，在以“权衡”为主要手段的大龄阶段较难发生，这不是缺憾，而是成长，成熟的表现。毕竟，前者是幼稚之火的燃烧，对恋人的认识难免肤浅和片面，只合写进纯情的牧歌，但未必能够安顿在庸俗的物质的现实世界。

问题就在这里：没有充满浪漫情调的“拾得”，怎么办？守株待兔是他们的缓兵之计和自我安慰。我在这里所强调的，是拾得的反面——将理性的权衡和周到的经营输入择偶的过程。

为什么非要消极地“等”？不要让感觉主宰你，不要误会见上面“心似小鹿撞撞”才是唯一的真爱。合适的对象，也许初见时并没有引起你的注意，没有引发心潮，但他（她）反而是“对”的一个。

理由在于：恋爱和婚姻二者先天地具有“相克”因素，

外表、谈吐、伪装的风度，和实际有距离的家世、门第、学历、能力之类，在恋爱阶段可能起决定性作用；进入实质的婚姻，教你获得实在幸福的却是品格、生活方式、胸怀、与你和你的亲人的缘分。长相不范冰冰的女子，憨厚老实的男子，在相亲时最先被刷下来，其实，她（他）恰是让你不后悔的配偶。

基于此点，期待“拾得”的单身人士，干脆把“期待神来之笔”的套路抛弃，改取从“现有”中挑选的务实策略。经过双方慎重、理性的沟通，彼此都勇敢地向未必教自己“六神无主”的人伸出手，一块儿吃饭，散步，聊天，旅游，看电影，游戏，读书，多侧面地增进了解，一步步地建立爱的感觉，营造二人世界的雏形。这样做，也许较少翻江倒海般的激情（并免去撕心裂肺的失恋），但务实，且利于婚后漫长的人生。

据我所知，以非“拾得”方式完成的婚事，比之干柴烈火式，较少后患，较为耐久。

“捷足”辨

早上，去五个街区以外的咖啡店买面包。和我一起往相同方向走的是一对老夫妇。本来他们落在我后面，因为我取的是以健身为目的的“疾步”，他们是“闲逛”的缘故。快到咖啡店门口，他们明白我的去向，女士一个箭步，跃到我前面，一来，让同行的男士先进去。二来，稍稍挡我一下，好施展捷足。我只好顿住脚。在店内，她向柜台后面的伙计，点了两只鸡尾包，两只菠萝包，两杯小号咖啡。我耐心地看她慢条斯理地付钱。老先生与她该是夫妇，分工是早就确定的。他去咖啡台拿饮料。一场秘而不宣的小小抢夺战过去，我苦笑，摇头，何苦来哉，就两个人！

由此想及，国人除因年龄和健康条件的限制，绝大多数都以“捷足先登”为主义的。压根儿不考虑是否必要，是否安全，是否得宜，快是第一快事。小焉者如刚才一幕，旁边如果没有竞争对手，身段颇臃肿，“捷”起来颇感吃力的女士还可以信步闲庭，和老先生聊几句闲话。待到发现糟老头子区区也进店去，全身运动细胞马上动员起来，发起短暂的冲刺。大焉者排队上巴士，上火车，上飞机，进出电梯，只要有人群在等，尤其是已排成队的场合，必有更多的钻营者游离在队伍外，或从两翼插入，或佯装闲谈，打手机，有意无意地揳进。较为天经地义的，是“有人代排”。他们眼里，问题不在排队要多费时间，而在显出“无能”，缺“通天的”本领。成功人物哪会和普通人一般循规蹈矩？对这等可忽略的小事细加体察，可发现“抢先”已进入潜意识，成为民族的标配，标准动作。

教我羞愧的，不是别人如何，而是我也被归入这一类。

刚才，在面包店只开一半的大门前，我本来没有冲动，但一瞬间，斗志被捷足的胖女士激发出来了。往往如此。在故国的地铁总站，即便是乘客不多，不管先上后上，必有座位的非高峰期，车门一开，“抢”像环生，我也加入，尽管略形被动。深究心理底层，我们全体在集体无意识的裹挟下，无一逃得过“通例”。三十年前，旧金山华人经营的银行发生大规模挤兑。我的好友知道我有存款在那家银行，一个早上来了十多次电话，催促我去提款。“上百号人排队了！”我的回答本来是理性的：一，按照美国的金融法规，存款十万元以内，联邦的保险公司赔付，分文不少；二，我的存款才三千。可是，友人说这么多人排队必有道理，将来即使能索赔，也许拖几年。我终于出门，排进长队吃了半天西北风。“三人成虎”一成语，这是现成的解读。

每一次“抢先”，之所以从单个迅速演变为“一窝蜂”，除了引领潮流者之外，多数的随大流分子如我，都缺乏定力。而定力，先出自明晰的理性判断；尔后，须予以坚持。坚持，出自自信，更来自修养。物资短缺，特权横行的环境，只会培植以“捷足”为标志的猴急姿态，而雍容的气度，多半生长在“不必抢也能活得不错”的社会。

按说，在对外部世界所求不多的晚年，“抢”是基本上可以戒断的了。“捷足”如果说还要赞美，那是健康，而不是和人家一较短长。我必须反躬自省，无论乘车，购物，参加任何比赛，都要远离“抢”字号，彻底告别“先登”。

“朝三暮四”解

要论及和“人总是要死的”一般难以变易的“人性”，它有哪些表现呢？曰爱虚荣，曰“绝对的权力产生绝对的腐败”，曰“历史是胜利者写的”，曰排斥异见……猴年伊始，想起和猴子有关的成语——朝三暮四，觉得它的原故事也指向一种恒久的人性。

这成语出自庄子的《齐物论》，本事是：宋国的狙公爱猴子，养了一群，和群猴互动了无障碍。开始时，狙公宁可减少他与家人的食物也要满足猴子的需求。后来难以为继，便实行限量制。怕群猴不合作，先行骗：“给你们橡实，早上三颗，晚上四颗，够吗？”猴子“皆起而怒”。狙公改口，允诺早上给四颗，晚上给三颗。群猴“皆伏而喜”。

比猴子聪明的人，大抵讥笑猴子不会算账，连三加四和四加三也搅了浆糊。而老奸巨猾的狙公所玩的手法，正是当今股市操盘手所惯用的数字游戏。再想深一层，猴子早上吃的食物，要供应一整天上蹿下跳的能量；而晚间，吃了就睡。所以，早上多吃是合符生理学原则的。从故事稍作生发，猴子此举，还颇合于广东谚语：“十赊不如九现，九现不如八到手，八到手不如七到口。”彻底拒绝虚幻，“务实”至此，教人叹为观止。

不过，我不想纠缠于数字，而考察事情的起因。倘若狙公家底殷实，橡实满仓，猴子们早已进入各取所需的共产主义社会，还犯得着去为早晚分配几颗谈判吗？出于同样理由，票证挂帅时代，走后门成风；监督缺位的制度性缺陷存在，无法有效地抑制贪腐。

其实，猴子的反应，折射出这样的人性：如无外力阻遏，欲望天然地处于膨胀状态。外力一旦干预，则引起反弹。举一常见的例子：A和B两家人亲密无间，A较富裕，每年给B家的新年利市都是一万元，且绝不要求同等回报。B早已习以为常。今年A因股票下跌，损失惨重，利是改为五千元。遵从风俗，这类礼节性事件双方都心照不宣。但B夫妻失眠多天，探讨为什么A的利是缩水，最后得出的结论，是A狗眼看人低，不再把自己当朋友，嫌隙就此产生。

不要讥笑B不识好歹，恩将仇报，这样的反应，之所以归入普遍性“人性”的层面，就是因为：一个不小心，你和我也成为“起而怒”的猴子。且扪心自问：如果友人体谅你的钱包或者知道你没有私房钱，外出吃饭从来由彼包起，忽然有一天他让你付账，你心里是不是“怪怪的”？我生长在侨乡，从小时候起，耳闻目睹多宗家人之间、亲戚之间、邻里之间的矛盾，起于类似原因——寄钱周济自己的人，因本身经济状况变化，无法维持过去的额度。同样问题出在薪水，一路加上去还好，如果有一年加少了或者不得不减了，那就炸锅了。结论是：顺从欲望是顺坡下驴，忤逆欲望却是逆水行舟。

且回到狙公，如果采取现代模式，从开始供应食物只到维持“活”的水平。到猴子给饿得四肢无力，口角流涎，便多给一颗。它们必喜不自胜。然后，再加一颗，总数依然没超过七颗，它们高呼狙公万岁。只有重大节日，如狙公生日，才让它们饱餐一顿。如此这般，猴子以为自己每天只配吃的定量远远少于七颗，天下息讼，狙公打赢。

悲欣交集

我是旁观一场陌生人的婚礼时，想起弘一法师临终前所道的这一句的。婚礼进行曲由教堂的管风琴奏出，滞重的回声在长廊里游走。经过多次排练，驾轻就熟的男女傧相们，一对对地鱼贯进入大厅。下一对，该是新娘和她的哥哥。按照洋风俗，哥哥要把妹妹带到监誓的牧师面前，亲手托付给新郎官的。然而，新娘迟迟没有起步。乐曲催着，大厅里的宾客们纷纷探头，看是怎么一回事。

原来新娘在拥抱哥哥，痛快淋漓地哭，眼泪滴湿了白婚纱。我对这家人的底细一无所知。看教堂门口的告示牌，知道他们是柬埔寨裔，新娘的姓名前冠以博士衔。本来，陪同新娘的该是父亲。婚礼上不见双亲，据此，可推测老人已去世或者滞留老家，无法赶来美国，参加这一无论对女儿还是对整个家庭而言都极为重要的庆典。从年龄看，兄妹都过了三十。于是，我为他们粗略描绘了未必准确但自信不算信口开河的生活道路：在上世纪七十年代，他们的父母在柬埔寨都遭到波尔布特的毒手，被逐出金边后惨死在乡村，年幼的兄妹投奔怒海，后来以难民身份来到美国。哥哥打工，让妹妹上学，直到取得博士学位。一奶同胞，从小到大相依为命，如今妹妹找到归宿，建立家庭，抚今追昔，能不感慨万端！

于是同声一哭，哭泉下的父母等不到这一天，哭难民船上九死一生，哭一路携手的艰难与希望，更为了今天的幸福和未来的圆满。长哭当歌，泪水尽为此刻洒落。极端的悲哀与极端的喜悦，感情的全方位碰撞，交缠，人在瞬间获得巅峰体验。有此一刻，不枉兄妹一场，不枉为人一场。

我站在旁边，眼睛发热，心潮奔腾，想到生命的最大张力，凝聚在悲欣交集的时刻。当失散半生的母子，乍然相逢在机场；当伏案终生的学者，学术成就终于获得最高奖赏，站在讲坛，面对成千上万的欢呼者；当历尽劫难的情侣，穿过战火，紧紧拥抱，都是这般又是痛哭又是大笑，无法自已的。多平凡的人，凭借这一刻，登临感情的峰顶，哪怕一辈子才那么几次。

相对于庸庸碌碌、稳妥清淡地打发日子，很少起伏、很少变化的生命，多少人宁愿履险犯难，受苦受罪，为的就是悲欣交集的片刻？

看见，看不见

“别人看见的，他看不见；他看见的，别人看不见。”此语见于王鼎钧先生的随笔《克莉丝蒂论写作》，用以形容诗人。它并非英国女作家克莉丝蒂的语录，而是王鼎钧先生从丁西林所著剧本引来，为了说明这样的论点的：“太实际的人恐怕不做作家，太讲究实际的民族和太功利的社会，恐怕难以产生伟大的作家。”

“看见”一词，在汉语不必割裂，其实，“看”和“见”有奥微的区别，前者只是视线投射的动作，英语叫“look”。后者乃是从视觉进入感觉，形成印象，英语叫“see”。“看”未必“见”，即成语“熟视无睹”。“见”未必通过“看”，即俗语“瞎子吃饺子——心中有数”。

“看”能否“见”，还要廓清一个前提，那就是自由度。《皇帝的新衣》中的诸色人等，都清清楚楚地“看见”皇帝赤身露体，可是都热烈歌颂新衣。因为他们被这样一条规矩蒙骗了，吓唬了，封口了——看不到皇帝的新衣的，是笨蛋。唯一揭露真相，即负有现代“公知”使命的小女孩，事先没有被洗脑或虽受洗脑，但临场忘记危险，老实话脱口而出。

同样的问题见于中国典故“指鹿为马”，大臣们都“见”到“马”，但一个个说那是“鹿”，因为他们知道，不按奸臣规定的口径说话，脑袋就要搬家。作以上申明，是为“看”争取一个前提。

在“看见”上，诗人和非诗人有什么区别呢？（“非诗人”绝非在品位上低于“诗人”，这里只探讨二者的差异）。一个现成的例子，是企业家W先生告诉我的：有一次，W和二十多位企业家乘客机去东南亚作商业考察。刚刚登机，在头等舱准备就座，门口一阵骚动，原来省长一行也搭这一班。认识省长的企业家惊喜地看着省长。W从来没见过省长（除了电视和报上照片）。但省长径直向W走来，首先和W握手，寒暄。在旁的企业家惊诧莫名，W得意非凡。在这个数分钟的镜头中，省长“看”企业家，首先被W吸引，因为W的气度。W的气度，含如下元素：个子魁伟，相貌堂堂，穿着得体（从内到外都是香港“冠奇洋服”的精致制作）；秘书、司机、保镖、翻译随行，形成一个以W为中心的气场。这样的场面，对省长而言，是没有脚本的亲民秀，要在最短时间内给“最重要人物”以礼遇，然后顾及次要人物，他凭职业性直觉办到了。如果W一行中有一位诗人，省长的突然出现，不会干扰他的思考，他专注于舷舱外的风景，手里的读物，或者闭目养神。省长于他，只是一个正常人，他也许对省长握手时的力度和温度，微笑时出现几根皱纹，白发梳理是否到位之类感兴趣，但“受宠若惊”云云，“平易近人”云云，都不在他的感觉中。一句话，他“看”不到权力。并非刻意效法“天子呼来不上船”的李太白，而是遵循心中的价值观。何况，W可以把“省长主动走来和我握手”作为一项人生事功，因它给社交关系和业务都加分，而诗人分行的汉语，这也卑微也尊贵的方阵，不是按照官阶、权势、财富而是按照缪斯规定的节奏行进的。

诗人看不见工资支票，股市行情，房屋面积，菜价和汽油价，看不到主席台座次的变化，看不到汽车的型号和价格。诗人看到星星的出现和消隐，月亮的圆缺，海潮的高低，梅花何时结出骨朵，枫叶在哪个月份以褐红色席卷群山。诗人不是不食人间烟火，而是把物质需求维持在低层次，不让欲望吞噬灵感。诗人看不到政客虚伪的许诺，只是以诗句堆起篝火，温暖无依的心。普通人看到发财的门路，诗人看到自然律的运行。普通人看到钞票的功能，诗人看到人性的明和暗。普通人看到“钱能够摆平的”现实，诗人看到“钱摆不平”的永恒。

诗人的灵视，接通天涯和千古。诗人在人世间浑浑噩噩，眼神只有在凝视婴孩和水时才变得清澈。诗人是人生的失败者，是天国褴褛的使者。

坚持饥饿，坚持愚蠢

苹果电脑企业创办人乔布斯，生前在斯坦福大学一次毕业典礼作演讲，演说辞中有两句流传极广的语录：Stay hungry, Stay foolish。中国的博雅之士，将之翻译为“求知若渴，虚心如愚”，稍嫌多事。直截的译法是：“保持饥饿，保持愚蠢。”我又想，中国是标语口号大国，为显泱泱之风，翻译得励志一些（或狗血一些）无妨。“坚持”应比“保持”多点气势。

在小聪明充斥的社会，“擦边球”满天飞，人人唯“捷径”是问，炒作、糊弄，成为时代的标志。要改变它，需要在制度的层面实施彻底的改革。在这方面，我们难以措手足，姑且不论。

从我做起，就得坚持饥饿。若针对肉体，那较容易。首先是节食，少碰难以消化的一类。素食、碳水化合物比油腻之物优越。其次是运动，热量消耗多，胃部清空快，“饥肠辘辘”不难获致。但企业家乔布斯并非医生和营养师，他强调的，是在精神上维持“清空”状态。对知识更新的渴求，对完美产品的追逐，对终极意义的探究，对“超越”怀着永恒的迷恋，这些人性中的崇高部分、纯净部分，只有在“胃纳”广大的前提下才能顺利进行。鼠窃狗偷的“技术”，投机取巧的“本领”，是消化系统内的渣滓，即使误入肠胃，也很快被排泄掉。

无时不在的饥饿感之外，还要以“愚蠢”来抵抗小聪明的侵蚀。在这里，“愚”不是“大智”的外衣，不是虚晃一枪的权宜，而是生命的本真。你要保存原原本本的质地吗？那么，把繁文缛节去掉，把时装和香水去掉，把冠冕堂皇的社交辞令、华而不实的点缀去掉，把机锋和伏笔去掉，只剩下与生俱来的那些。如果不准说真话，那就以沉默代替说假话。如果特权是唯一值得炫耀的成就，那就以踏踏实实的奋斗来逃避。当聪明人要进名校，当笨蛋只要不随大流，不赶时髦。难得在于坚守，当浩浩荡荡的名车驶过，你骑在自行车上会不会投去妒嫉的目光？聪明人从别墅的阳台，鸟瞰你汗流浃背的“老实”模样，你感到骄傲还是寒酸？如果你不为所动，专心干自己的事，那么，“愚蠢”的帽子就戴定了。然后，是人生的实质的成功。

唯饥饿和愚蠢能够造就真正的人，“饿”出来的人格，“蠢”所成的状态，乃是生命实实在在的辉煌。

太太属何种“体裁”

王鼎钧先生的散文集《情人眼》，百读不厌。其中有一篇《诗》，说到他的一位朋友，在择偶方面极为挑剔——把太太分为三种：诗，散文，应用文。他认为，所选的对象，该是一本诗。有一次，他作了“最大的让步”：即使是应用文，也应该是一本《秋水轩尺牍》。

按约定俗成、但失诸粗疏的标准，“诗”意味着浪漫、激情奔迸，用料最少，因之最为高级，可拿来比喻不食人间烟火的纯情玉女；“散文”呢，是诗和应用文的折中，兼有红尘的琐碎和形而上的寄托。至于“应用文”，则完全着眼于实用，拟于太太，可称为“佣人”型。上述的男人，要她有如书信范本《秋水轩尺牍》一样雅致，则不可能是从前乡下来的粗作妇人，也许香港半山区专门侍候有钱人、在大学读过家政系的漂亮女子才能入围。

不过，男人们只要从少年维特的年纪再多活二十年以上，便明白，婚姻是复合物，非黑即白的二元论难以对付全部。其实，太太从开始便兼有诗、散文和应用文的成分，但三者并非并排，而是互相渗透，且因环境、性情、年龄、夫妻关系以及其他相关环节的差异，呈现不同面貌。你可以从她的人生截取几个“诗”的断面，例如，雨里伫立水湄的倩影，生日那天收到一打玫瑰花后脸上泛起的红晕，庆祝金婚那天替老伴擦额汗的手。但她不可能从头到尾都是“抒情诗”，至少，没奶粉喂婴孩而丈夫外出喝酒未归时不是，在丈夫的手机里读到有偷情嫌疑的短信时不是，宴会上为了戒指上没镶钻石而老把手指笼在袖子里头那阵子不是。基于同一理由，最功利的妻子，也不可能时时处处都是借条、欠条、契约、请柬的活写照。学步的孩子扑向她的怀抱，把重病的丈夫搀去厕所，这样的时刻，她会焕发出爱的光辉。至于家常便饭、波澜不惊的日子，散文是散文，然而有悠长的韵味。

以上仅仅罗列现象。动态地看，太太是哪种体裁，须看双方对婚姻的经营。从前有一说，巴黎女人像水，就看你盛到什么容器。同理，太太置身交响乐厅，让她沉醉其中，她可能成为隽永的“诗”；太太带三个孩子，加上做不完的家务，她便成为流水账式的“散文”乃至鸡零狗碎的“小品”。太太在华尔街当股市交割员，面对屏幕上的曲线紧张万分，难免成为没有文采的计算器。如果丈夫有不竭的爱意和精雕细琢的本领，太太便可能被他塑造为他所爱的体裁：花前月下的“诗”，节奏舒缓而意蕴悠长的“散文”，把家弄得妥贴舒适的“应用文”。

《诗》里所提的男子，追求女性多年均落败之后，并不死心，追求一位在航空公司打字的女孩。她却全心全意要去美国生活。作者在结尾说，这女孩确是一首诗，“我们目送她的背影时，真觉得她向唐宋词人的婉约风格中走去。可是，我怕这首诗早晚要被译成英文。”

且让我添一蛇足。往下寻索，这位移居美国的女孩，如果成为“英文诗”，也可以具有多种风格：如果爱得奔放，便是惠特曼式的自由体；如果嫁入豪门，在晚宴里以一袭黑礼服出场，便是典雅的十四行；如果作风前卫，则成为现代诗；如果投入政坛或商场，干一番惊天动地的事业，弄得好是史诗，弄不好便成滥调。

贫穷是一种浪漫

此语见于木心先生的《文学回忆录》，我以为，它并非泛指，而是对俄国伟大作家陀斯妥耶夫斯基生平遭际所发的感慨，限于文学的、灵性的范畴。如果社会学家和人口统计学家按此“图”索浪漫者之“骥”，肯定吃力不讨好。愤青看到这个标题，马上行动——送我去当睡桥底的流浪汉。

有些贫穷是注定和浪漫无缘的。比如说，与生俱来的困顿。从呱呱坠地那天起，没一天不是三餐不继，没一年不是家徒四壁，没一个孩子不是啼饥号寒，那么，浪漫一课多半交白卷。不是说，穷人家孩子不能看星星，做好梦，不是说汗流浃背之时绝对无从浪漫；而是说，他们的人生一旦被固定在吃苦挨饿上，超脱于现实的情怀就难以发育。浪漫的前提，是“知道”人生可以在某些时间和场合，高蹈在物质世界之上。还有，贫穷是相对的，如今顿顿只吃得起三碗干饭加咸菜蒸五花肉，是难以见人的寒酸，放在五十年前，却是人人羡慕的巨富大贵。同是那个荒年，甘肃一位农民，吃光了观音土，每天吃粪便为活，当然，那不是饥民的排泻物，而是从公社干部的专用厕所掏的，他怕乡亲来抢，还百般保密。相比之下，那时有榆树皮可啃，又算福气。

大抵而论，能够产生浪漫的贫穷，只能是暂时的，偶然的。漫长的一无所有，如持斋的僧人，过午不食，以常人难以忍受的匮乏一年年地维持，这种方式可以培植宁静、清虚，但不能产生浪漫。毕竟，浪漫是感情的跌宕，是诗情的长久发酵和瞬间爆发，不能成为日日重复的常态。徐志摩在最浪漫的恋爱中，也得去教课赚钱。

产生浪漫的贫穷，可有三种模式。一是《罗马假期》式，不安分的安妮公主在对罗马作官式访问的余暇，乔装为平民，去游览名胜，和不知底细的记者撞击出爱的火花。娇生惯养的小姐骤然面临人地两疏，误会和危险接踵而来，大起大落的切换充满奇情戏码。二是《茶花女》式，一个贫寒男子，爱上红透半边天的名妓，恋人身份的悬殊加上家法、社会、舆论的多重压迫，悲壮之极，艰难之极。三是“人面桃花”式。书生崔护在乡间游玩，敲开一人家的门讨水喝，邂逅一女子。为此思念了整整一年，次年他来敲女子的门，芳踪杳然，他在门上题诗，“人面不知何处去，桃花依旧笑春风”，缠绵的怅惘感染了一代代情种。

三种中的第一种，地位的落差，处境的剧烈变动，形成无限张力；第二种，惊天动地的畸恋，本身蕴含充分的浪漫因子；第三种，因爱情戛然而止，给后人留下无限的想象空间。这些和烟火人间距离遥远的罗曼蒂克剧上演时，我们只能在台下当观众，入戏时一掬热泪，散场以后依然对付柴米油盐酱醋茶。

回到庸常生活，我们不是不能从贫穷中获得浪漫，哪怕只是电光石火的瞬间。一种是自我设计。比如，两个恋人外出度假，只带有限的现款，把信用卡和手机统统放在家里，一路住廉价客栈，吃便宜的路边小摊。准流浪汉的体验，使人从繁冗的物质享受、充满功利计算的人际关系中跳出，身心获得前所未有的轻松。从这个基础出发，他和她回归近于“纯粹”的爱，仰望星辰而不筹划买房子的头款，絮絮情话，内容是童年的梦想而不是升官发财。这是试炼，看人在距离“一无所有”多远之处，可以把爱情安顿下来。

还有一种是不期而遇。出远门，钱包证件全部进了扒手的背囊。为了救助一个陌生人或者朋友，把身上的钱全捐出来。到了举目无亲的异国，走出机场，看着陌生的公路和街道，心空落落的，今晚宿在哪里还没着落，如此之类，尽管教人心悸，但总归是灵魂的洗礼，让人霍然一振，在和挫折、危险搏斗之时，重新体验生命中的灵性。

“拒绝”之为技术

按常理，拒绝是在人家提出要求、建议、批评、挑战之后的反应，一如先有新闻后有报道，先有成就后有名气，先有货色后有价格，先有爱情后有婚姻。不过，时代在前进，记者可以导演新闻，没有优秀作品的艺术家盛名四播，至于爱情与婚姻脱钩，古已有之，先结婚后恋爱或从不恋爱的有的是。既然如此，拒绝之为技术，大有研究的必要。

且摆脱常规思维，一旦把拒绝移在人家提出要求、建议、批评、挑战之前，策略上便有妙不可言的效用，尤其在自抬身价上。许多年前文坛流传一个笑话：某名作家到处宣扬，某市市委讨论通过，由他出任宣传部长，但被他坚决而委婉地拒绝了。谣言蜂起时，有心问鼎此职的其他人士气急败坏，钻营加剧，市委难以招架，只好找名作家谈话，请他安心写作，市委在过去、现在及可见的未来，都不曾、不会违背他“不当”的意愿，云云。活该这位名人倒霉，碰上一个较真的市委。其实，先虚构一个某方提出要求，被“我”拒绝的故事，如果操弄得法，赢的机率还是不低的。比如，歌唱家可以暗里透露，春晚的导演组曾经和他（她）联系上节目，他（她）谢绝了，理由是离不开本地粉丝。这样的消息如果被娱乐版记者捅出来，查证不容易，知名度一时飙升该是没有问题的。

还有更彻底的拒绝。比如，画家参加个展或群展，若在杰作的标签和在口头上，都严正声明：均属非卖品。绝对不走向市场，管人家出什么价。这种预防性的拒绝，堵死的不是被买走的门路，而是出丑的可能。当同行们为了人家不予以青睐，不买、不竞投而惶惶不可终日，他却四两拨千斤地稳操胜券。

善用拒绝，化“无”为“有”，煞有介事，不难出彩。在人家封你为“大师”之前，拒绝高帽；在被邀请出镜前，拒绝出风头；中六合彩前，拒绝暴富；在受异性追求之前，拒绝浪漫；受聘为执行长之前，拒绝出山；下种前，拒绝发芽；初赛前，拒绝当冠军；拥有房子前，拒绝在后院栽花草。前者也许子虚乌有，但由于“拒绝”是货真价实的，所以，连带地，被拒绝的一方也成立了。这乃是后现代社会果真能当一回事办的“买空卖空”。

冷比热好

我素所敬仰的大诗人洛夫先生有一近作，曰《水灵——跟屈原说几句话》，末尾是这样的：“所以说，窃以为/埋在江水里/比关在冰箱里好/而把关在冰箱里的我们/冻成一句句带骨头的诗/又比/被人端出冰箱/化为一滴水好”。

较之传播界这样那样的热点，载入史册的伟大诗人如屈原，那是“举着惊涛骇浪而来”的水灵。迤逦千年的文学山系，就那么几座高峰，姑且不论。写作群体中的多数，无不面临这样的两难境地：要冷，还是要热？“热”意味着大名、高版税、高车马费、出场费、酒色财气，辉煌的电视亮相、走马灯般的采访，报纸上的头条加整版专访。“冷”呢，无声无息，出书自费还要看脸色，斯人憔悴，不堪言说。枯守冰冷象牙之塔的诗人，遥看闹哄哄的书市，不能不眼红新书发布会为签名售书写酸了手腕的同行。

如果冷门和热门作家的地盘，有如雅士管宁屁股下的席子，那倒好，挥刀一割，清浊立判。但多数人定力不足，只好两边游走。先往“热”堆里扎，待到吃够编辑部的退稿信和出版社的冷屁股，才回归冷的营盘。前者叫兼济，后者叫独善，进退两宜。也有若干冷营中人，懒得挪动，把书稿标上吓人的价钱：50万，100万，且不二价。这才是现代的达人，不管有没有人买，他都赢定了，首先在传媒赢一把，然后，在没人问津时叹一句“高雅文学横遭冷落”，回到品位和道德的双重高度，努力抨击时弊。

如果你确实挤不进热门，读洛夫的诗未尝不是自我安慰。我由它省悟，文章的风骨，往往是和电冰箱冷冻柜类似的环境所赋予的。冷，使你沉潜，教你凝思，迫使你把目光从沸腾的市场和传媒的期待移开，抛开媚俗的念头，冷静地考察人性深层的诸般形态，思考和终极价值有关的事体，从容而执着地经营文字，树立个人风格。愤世之作，自哀之作，如果有骨头，那是冷藏的结果。零下的低温，淘汰不耐寒的作品，让流动状态的叙事和抒情，都变成带棱角的冰，愈是冷，愈是头角峥嵘，奇气凛然。

冷门中人，较为挠头的问题，是怎样持久地维护“外冷内热”状态？想象力是热度的产物，恋爱生热，热生诗。不能遁世，总须以一团烈火般的心去拥抱人生，审视它的罪恶与丑陋，肮脏与险恶，智慧与勇气，光荣与尊严；总须以热烈的悲悯观照人性向善的艰难行程。做到这一点，你就是清冷门庭里生着炭火的小房间，不但自己取暖，还打开门，接纳被热门的粗壮保安抛出来的钻营者，追不上时髦的失意者和宣告“不再玩”的失望者。那时刻，你终于明了，冷也好热也好，既不是白头宫女闲话天宝遗事；也不存在刻骨的恩怨和彰明的反差。你所守护的田园，是自己的，也是众人的；是将来的，也是当下的。时间在操控这一盘棋。

“热”的状态向“肉”倾斜，它所挟带的红火，从声名到鲜花、掌声，被粉丝索要签名，都像春日的太阳，把人的肉体烘得舒服透了，偶尔出点汗，那也是灵感，正好作一首歌颂大款的即兴诗。“冷”的状态向灵靠拢，你失去的是赘肉、脂肪，得到的是有份量的骨头。

而且，你不宜抱着古时读书人的浪漫想头，认定寒窗十年以后，便可以把冷藏的货色拿去热炒。一热，“骨头”就化成水，流失在热点随时转换的市场内。到那阵子，你才惊觉，冷藏库是“清流”们的最佳栖息地，他们此生的气象，是“冷”出来的——冷冻柜把无骨之物（包括随容器不同而形态百变的液体）都变成峥嵘之骨。

选择即赞美

选择即赞美，让我想起尼采这一名言的，是理发店的年轻女师傅。她一边干活，一边和我闲聊。“我是河南人，十八岁来广东打工。二十岁那年，老乡介绍一位老乡给我认识，他比我大三岁，谈了一年恋爱，就结了婚。我们乡下，彩礼动不动十万八万的，男友家四个兄弟，他是老大，家境远远不如我，只拿得出五千。办嫁妆的钱是我父母的，他们支持我。结婚八年，老公和我一起过，他在广告公司打工，我在家带小孩。现在，三个孩子送回老家，由公婆带。你问我婚后过得好不好？好，我很满意，打工夫妻，每月要给老家寄一千块以上。我的公司包吃住，但我在城中村和老公租了房子，又得交五百块月租。说日子不紧巴是假的，可是每天都轻松快活。老公疼我，每个月的工资全塞在我手里。他不花心。”我说：“他没私房钱怎么花得起来？”“还别说，有的女人勾引人家的老公，贴钱也干。”“你老公肯定帅气得很，让你担心。”她没正面回答，甜蜜地笑着。“我和老公拍拖时，两个当地人追我。”我在镜里端详，她眉目清秀，个子高挑，如今二十八岁，依然俊俏，豆蔻年华不用说了。“我都没答应，知道配不上，人家的父母，不是当官就是开厂的，他们自己，都是大专毕业生不说，手面也宽，带我逛街，给我买衣服手袋，出手就是一千两千的。我为什么不愿意？门不当户不对嘛，进了门要受气，精神压力我可受得了？还有，都爱显摆有多少女孩子喜欢上他。我当时就担忧，结婚几年，有了孩子以后，他腻了我，去外面找小三，我怎么办？所以，我乖乖地嫁一个和我般配的老乡。”“事实证明，你的选择是正确的。”我对这位勤快、快乐的女子说。

理发师傅当年所完成的，仅是一个选择，但它决定了此生的命运。所谓“牵一发而动全身”，“嫁对了人”这“一发”，“牵”着多少个选择呢？在家世，她舍优越而就卑微；在财富，她舍富而就穷；在生活方式，舍压力巨大而就轻松。在人格，舍低人一等而就平等。在家庭中的地位，她舍“受气包”而就“掌柜”。她和老公的结合，得到可面对天地祖先儿女的高级快乐。他们的姻缘是稳固的。“我每天夜晚下班，老公担心路上黑，非要来接我。”她说到这里，眼里噙着泪花。他们对前途充满信心，尽管出租屋离有房梦远得很。这是中国底层中教人敬仰的一群。那一天我去理发店，事先没有选择师傅，然而我在离开前起劲地赞美了这位女子，从她的技术到笑容，从她的婚姻到被她简单地概括为“不要使自己承受太多压力”的婚姻观。

我没有机会见到她的老公。我想对他说：你的太太也许出于中国人的习惯，不会天天对你说“我爱你”。你也许连拥抱太太的动作也不怎么会，更不会把感谢挂在嘴上。可是，她选你为丈夫，这一事件本身，就是你这辈子所受的至高赞美。只要这个选择没有变动，你一生就戴上一个不会褪色的勋章。它来自你一生的伴侣，你的孩子的母亲，你的父母的媳妇。

推开来看，常常谨记这一名言，意义重大。别说择偶，我们一天要做多少选择，单是从菜市回来，你把袋子打开，都是对物的“赞美”。一束菠菜，是你舍弃了白菜、萝卜、芹菜、凉瓜、南瓜（这些也都是你的家常菜）的结果，它若有知，该受宠若惊。和你一起围炉吃火锅的小圈子，是你从茫茫人海选出来的，臭味相投也好，利益相关也罢，宾主尽欢的场面，既是对惠然肯来者的赞美，也是朋友对主人的感念。

原来，只要不是迫不得已，出于自由意志所作的选择，是对被选择的人和物最直接、最完满的赞美。深刻领会这一道理，可以至低限度地增进人际关系的和谐。身为伴侣、搭档、伙伴、宾客，被选择的过程就是受人认可、欣赏、尊重的过程，我们须珍视这无言然而重要的精神奖励。

“双赢”辨

滔滔世间，如果两方的关系是竞争的、对立的，一般而言，只能是此进彼退，此荣彼衰的态势。异想天开的人们，便臆造天堂般的境界——双赢。圣经说，富人上天堂，有如骆驼穿过针孔。“双赢”的难度，和这相比如何？

且随手举一个例子。前几年，美国旧金山市的市长纽森先生大声疾呼：“大家都不要喝瓶装水，直接喝水龙头来的自来水。”他有的是底气，因为旧金山的自来水来自“喝奇喝齐”水库，那水库所储存的，是从终年积雪的高山流下的、纯净度足以比美任何一种矿泉水（自来水每月受检测一百次，瓶装水每星期只检测一次）。这样做，用户省钱，政府不必处理被弃置的塑料瓶（每年达十亿只），岂非双赢？然而，放到另外一组关系——瓶装水供应商和用户去，没有疑问，饮自来水的人越多，越对前者造成灾难。光看一个中等城市，矿泉水的供应链，从上游的取水，过滤，装瓶到城市里星罗棋布的门市部，数以千计的送水工人，他们的凭借，是居民对自来水的不信任，对环境污染的恐惧。五花八门的新兴供水业内部，竞争也够残酷，哪家公司出了以自来水或不洁水装瓶出售的丑闻，客观上为对手制造商机。把它放到别的关系去，如和净水器行业较劲，大抵也是“两虎相斗，必有一伤”。如果自来水公司兼营瓶装水，稍不谨慎，二者做广告，恐怕重演古代矛和盾的寓言。

所谓“我们的痈疽是敌人的宝贝”，商业上的竞争是冷酷的，在法制社会，相对公平的环境中，竞争固然是前行的引擎，淘汰机制促成了技术和经营的更新。不过，这里“共存共荣”的空间有限，一家“新张宏发”的鞭炮，必然伴随若干家倒灶的哀叹。不能指望，在战场、竞技场、竞选、投标、选举、评奖等等必须分胜负或排名次的场合，出现“排排坐，吃果果”式的场面。

那么，果真没有“皆大欢喜”吗？有的，请看自然界中蜜蜂和植物的关系，它们彼此依存，一荣俱荣，蜜蜂采蜜愈勤快，植物得益愈大。至于人类，可以这样断言：只要是以爱为核心的关系，双赢是必然的。

其中，最具典型意义的是性爱。不错，这是“肉搏”，然而越是投入，越使双方升起灵与肉的愉悦；双方都付出，没有谁“赚了”谁“亏了”的计较，相反，爱情借它滋长，爱意愈浓，愈是酣畅；彼此都从中得益，无论是肉体上还是精神上。奇妙，美好，圆满，莫过于基于浪漫爱情的性行为了。

亲子之爱亦然。父母和儿女，牺牲就是回报，播种便是收成，双向的感情滋润，互相的利益输送，只要出自无私的爱，那么，两代人都享受到天伦之乐。

再深入一层，如果你把“双赢”的实质意义，从战场上杀死杀伤敌方的数字，从己方的盈利和对方的损失，从你的辉煌和对手的狼狈等一望可见的“实”的层面，转移到“虚”的，即形而上的层面看，那么，所有的输，都有赢的因子潜藏于内。这就是“福兮祸所倚，祸兮福所伏。”

这么说来，稳妥的“赢”，该是奉献。“舍”一旦不再是“失”，而是“得”，那么，你的慷慨捐赠，你的志愿服务，你的舍己救助，使你实现高层次的生命价值。双方都赢，多方共赢，好梦果然马上成真。

从牙膏广告想开去

电视台靠广告吃饭，一如中国农民靠天吃饭。今天在美国广播公司（ABC）属下的地方频道看到一则牙膏广告。本来没在意，但越是日常用品广告越是密集，轮不到你不听。它的广告话："获五分之四牙医推荐"，琢磨一会儿，似可套用流行语，曰"有供人思考的空间。"

牙医是靠治牙吃饭的，这也和"中国农民靠天吃饭"一般无懈可击。而牙膏，如果管用，那是预防和医治牙病。换个说法，牙医推荐的牙膏愈有效，他们的饭碗愈成问题。由此想起洋谚："每天一苹果，医生不找我。"报上还有一篇科普读物，强力推荐西红柿，说它含有大量具有抗氧化损伤，保护心血管内皮，并降低患前列腺癌和大肠癌风险的茄红素，怕论据不够给力，引用了西方古谚："西红柿红了，医生的脸就绿了。"如此说来，由牙医推荐牙膏，由医生推荐食物、药物、疗法，或再稍加推衍，但凡由利益相关的人物来做与其利益"对着干"的事，都难免让一些人想起中国成语"与虎谋皮"。

可是，广告商偏偏找医生推荐妨害他们自身利益的商品。广告行业，饭碗系于广告效力。效力来自公信力。他们通过民意调查和积年实践，断定此法可行。在顾客方面，绝大部分对这一做法信任，接受。也就是说，全社会达成这样的共识：牙医认可某种牙膏，是从专业知识和良知出发，而不是从自身的钱包、牙膏公司的回佣着眼的。诚信是维系商业正常运转的基石。在网状结构的现代社会，“谁也信不过”将造成怎样的局面？光是买牙膏，你就得撇开所有专业评估、数据分析、企业诚信排行榜、权威报刊的研究报告，要么自行找“信得过”的人，要么自己逐种试用，不被“怀疑病”吓死也给累死。

“不骗人”的纪录长年累积，方造就一个“信得过”的品牌。然后，这个品牌被顾客在意识系统或无意识系统纳入“不必检验”类。由牙医给牙膏评分能大行其道，由此而来。点点滴滴地构筑诚信，其反面就是“除了骗子万般皆假”的形成。诚信彻底破产的恶果，就是地沟油、三聚氰胺、孔雀绿、膨化剂……

看完电视节目，进浴室刷牙，一看，牙膏就是那广告所推荐的。牙膏是太太买的，她受广告的指使或引导吗？未必，也许是巧合。然而，岂可排除长年累月的广告在受众心理上的沉淀？不知不觉地，自然而然地选择它，这商业操作才叫天衣无缝。

想起父亲话当年，他从解放前夕到解放初，在小镇经营一家文具店，“那年代哪里有信用卡、银行担保、支票？全靠一个‘信’字，城里的批发商让你进仓库，要什么尽管搬走，不要任何抵押，先赊着，年底结账，皆大欢喜。”那时战乱刚刚结束，百废待兴，卑微的中国生意人，就能这般以诚立身。抚今追昔，感慨无限！

一个不小心

在马克威克和史密斯合著的《对知识的热爱》中，有这样两段：

> “学习的过程好比是一条河流，开始的时候又细又小，可以一目了然，渐渐地，汇集了两岸无数的细流，而越来越宽，越来越深，终于由涓滴而成巨流，奔流入海；学习的开始也显得微不足道，慢慢地知识的范围和领域渐渐增加，终于广大得无法窥其全貌了。”
>
> “牛顿就深切体验到这个道理，在他完成科学上的伟大发明之后，他曾说：‘我不知道世人对我会有什么观感，我总觉得自己像是一个在海边玩耍的小孩子，只注意捡拾岸滩上美丽的卵石和贝壳，却无视于横在眼前的浩瀚的真理之海。”（引自《读书的艺术》一书）

读了几遍，忽然觉得，这里说的岂止是读书的道理，人生的最高境界不也如此？简言之，曰："一个不小心"便达到目的地（诸如科学发明以及真理的彼岸）。

先从读书说起。奉命而读，应试而读，为了领导或者准岳父来视察或考察而读，摆出关老爷夜读兵书的架势，能不能读得进去尚且是疑问，还奢望得到乐趣？弄到一本奇书，一个不小心陷进去，读到手舞足蹈，读到眼泪一把鼻涕一把，不知天之既白。雪夜闭门读禁书，之所以格外入迷，恰在于：一，得来非易；二，读是冒险。而这等的"危险"（在极端专制的社会，读书也可能丢命，未必比别的"罪"安全），爱书人是非冒不可的。三是好看。不好看，"流毒"就不广，就不必严厉查禁。而真知，真理，就在你不设防的时刻征服你。

干事情的道理也近似，坚执"一分耕耘，一分收获"主义（即排除无收获的耕耘），"只问结果，不问手段"主义（残忍的、流氓的、践踏良知的伎俩由此而来），乃至"天将降大任于斯人，必先苦其心志，劳其筋骨"主义，目的性强烈，指向性确切，往往适得其反。遍观人间诸多"有意栽花花不发"的例子，似可在"人一思考，上帝就发笑"的真理之外，加上一条："人一强求，上帝就叫停"。

且看大科学家牛顿。关于他所从事的事业，"夫子自道"的要点，第一是保持童心。在未知的天地探险，寻秘，在他看来，未必那么庄严，那么生死攸关，那么“时间就是金钱”，而是和儿童在海滩游戏类似。卵石是否具高价值，贝壳是否绩优股，这等想头并没出现在脑际，吸引他的只是卵石、贝壳的美丽和神秘。耽溺其中，乐而忘返，一如苹果一个不小心掉在头上，无意间勘破天机，和永恒连接。破解了，发现了，获得了，他却不在乎那有多大的划时代意义，会给人类带来多大的福祉，从而教他自己得到多大的名气，多大的光宠。第二，是位置正确，须明白，他所处的“岸滩”，不是杀戮的战场，不是名利场，不是普通意义上的竞技场，而是造福人类的科学的前沿，他面对的是“浩瀚的真理之海”。尽管不予注意，但涛声、浪花和寂寞的科研生涯同在。看来，投入人生事功，以这两条起步，不管成就大小，都可于心无愧，无悔。

不错，“不知怎么一来”，恰是命运的本来面目。且不说花费数百万元买彩票，和“几率”决一死战的赌徒，偏偏落败，而买口香糖时以一块钱零钱买六合彩，赢到一亿元的极端事件，这属于纯然的天数。其实，矮化功利主义，弱化目的性，为的是减少心理负担，促使人把注意力放在“过程”本身，把不可测成分，不可管控因素，交给上帝，让他来制造和管理千奇百怪的“一个不小心”（这中间，就有牛顿的万有引力定律）。这道理和下列现象一致：在一个个人利益与公共利益二者，只要接受法律约束，基本上不存在“二者必须择一”两难的较合理的社会，个人发家的同时也为社会造福。

然而，“一个不小心”定理并不容纳怠惰和拖延。探索之路上，谁不为“那人却在，灯火阑珊处”而狂喜？然而，须先来个“众里寻她千百度”。“柳暗花明又一村”之前，不能回避“山重水复疑无路”。

最后一个问题，不是说“不想当将军的兵不是好兵”吗？揆于世事，这一人生观确能催生将军，但里面肯定不乏戕害苍生的罪人，为了他的升官之路和“真理之海”完全相悖的缘故。

哪把剑经得十年磨

闲来无事，哼着年轻时背熟的古诗取乐。贾岛的“十年磨一剑，霜刃未曾试。今日把示君，谁有不平事？”念了几遍，越念越是生疑，问：“哪把剑经得十年磨？”不晓得磨剑是怎样的作业？是不是铁定天天磨，每天磨多少个时辰，总共费了这么长的光阴。然而，按照“铁杵成针”的古老磨法，一把宝剑，磨它十年，岂不一路薄下去，变为纸片，变为蝉翅，变为铁屑，变为乌有？不可能有这般冥顽的傻瓜。那么，较大的可能是：十年间，偶尔磨磨，维持其锋利就够。据说宝剑有如贾宝玉的宝玉，可通灵，磨出吹毛即断的绝顶锋利以后，如果没人血的滋润，鞘里的剑会在半夜的风中铿铿然，仿佛要凌空飞出，直取敌人首级。可见，宝剑和佩剑的侠士一般，耐不了寂寞。

马上有人讥笑我：哪有这般解诗的？全诗表达的是侠客的执着与豪迈，先是长时间的韬光养晦，准备好以后，便重出江湖，扫荡世间的不平。再升华一下，它和书生的“十年寒窗无人问，一举成名天下知”同一路数，也是用上“十年”，这似乎成了“准备期”的通用标准了。论形象性，“磨剑”这一意象无疑是高明的，天地为炉，造化为工，阴阳为炭，锻就干将和莫邪，再耗费漫长的时间与巨大的人力，才磨出霜刃，以毫光照耀缺乏正义的人寰。

磨剑的过程可一笔带过，问题在下半部。侠士仗如此好剑，迫不及待地澄清宇宙，比如，像上文所引的古诗，也果然有人报信，哪里出了“不平事”，侠士前去，小试锋芒，大捷而回。不过，这样的好事虽然发生的机率大大高于六合彩，但肯定和磨剑的志士的期望值相去颇远。一贯来如此，“学成文武艺，货与帝王家”的传统路子，要么太窄，要么太长，连被选中的小部分幸运儿，一个不小心也被皇帝老子砍了脑袋，别说相当数量仍旧逃不过老死牖下的宿命，那把锋利无比的剑，不插上草标卖掉，便当上陪葬品。这样的前车之鉴，肯定影响着后来的磨剑者，教他们不敢在“磨”上投资太多的生命。至于早已磨好了剑，却始终没人招去征战的那一类，积郁难化，早早死掉不少，剩下的那些，以余生来喟叹，惋惜，悔恨，妒忌，那把好剑转而戳中主人的心。袁枚在《蒋心馀藏园诗序》中叹道：“安知不缺且折，为干将、莫邪之伤?”道尽了用世之锋的难处。

人间的所谓“有志者”，纠结大抵在这里。如何是好？只好把“磨”本身作为目的，一年年地拿剑锋来砥砺，在“磨”的间隙，聆听锋刃在指下的铮铮。礼赞剑客的生命的，正是这声籁，而不是别人（无论是敌是友）的血与头颅。最后，剑和人生，都被磨成齑粉，那是至高的圆满。

如何“点题”

上午，友人来电，邀我去茶楼。十点多，在茶楼拣靠窗的小桌子落座。友人未到，手头无书无报，独喝普洱，颇感无聊。

何不作一个“写生”练习，把眼前所见一一记下？这倒不难。我的位置在后部，茶楼一览无余。十多张大小桌子，五张有人，要么两位，要么五六位。都在吃点心，喝茶，谈天。但凡茶客，不外如是，再加上“看”（比率较高的看手机，比率不高的看报和比率更低的看书）。吃相有贪婪和文雅的区别，谈话有私语和高谈的差异。环绕大圆桌的全家福，老人家的表情最是满足，因之格外慈祥，为了人生理想完全展现的缘故。团圆，富足，快乐，孝顺，是幸福家庭的元素，也是全家到这里来消费的根基。茶客陆续进来。“请问喝什么茶?”“寿眉。”“你爸没来？没见他几天了。”都是例行套语。

茶楼的老板娘进门，咋咋呼呼的，和侍应生说笑。这家茶楼经营早已上了轨道，劳资关系良好。侍应生和顾客都是熟人，尽可开玩笑。友人还没现身，拨打手机也没听，也许在开车。那么，继续写“命题作文”。夫命题，即立意，眼前人寰该赋以何种“意义”呢？我搔了搔毛发稀落的头，想，一早出门上班的人，至不济都有一个“意义”——养家糊口。从窗口外望，街角的教堂里，讲道的牧师，唱诗班的孩子，查经班的大人，有“为上帝工作”的宗旨。但给周遭的茶客贴标签不容易，除非大而化之地名之为“吃货”或“消遣”。如果人生的意义止于“取得快乐”，那么，茶客差不多都成功了。看，留八字胡的年轻人，把雪白的牛肉肠粉放进嘴巴时，那神情近于宣告：我征服了世界！我的思绪搁浅在这里。缺一个“意义”，也许不妨碍屏风前的一对小夫妻报销一客糯米鸡，但我的作文操练只好流于浮浅。

友人到了。原来他比我早，看我没到，便到附近的五金店买水管垫片。他邀我来谈和葬礼有关的事。他妈妈在熬过一百岁的第二天，去世了。这位一连数月，每天早上去疗养院，费三个小时喂妈妈吃饭，侍候妈妈如厕和洗澡的孝子，要给母亲写一篇悼文。我说你回顾妈妈的生平，我记录，加以整理就是了。他说，妈妈生前不知什么时候，已把自己的年谱写好，从出生，出嫁，每个孩子的生日，儿女成亲的日期，到她来美的日期，无一遗漏。当然，仅仅是骨架，具体而微，血肉淋漓的爱，比如，儿子七岁那年要独自乘花尾渡从乡下到广州去，她挑起七八十斤稻谷去粮站换粮票。矮小的母亲，挥汗如雨，挑两个大箩筐走七八公里，那身影镌刻在年过六旬的儿子的内心深处。

友人给我看他在疗养院替妈妈拍的照片。一个世纪的风云，凝聚着一张脸上。老人家一辈子没生过大病，在旧金山住了二十多年，没有家庭医生，没有医疗记录，没有服过任何药物。去世之前半年，才被送进疗养院。照片上，她清癯，安详，笔直的鼻子下，嘴唇缩进去。就在这一刻，老人家给我指点迷津——怎样为平凡人生“点题”？像百岁老人自己写年谱一般，每一个日子都认真，踏实，喜乐。日子的质量以什么作标记？深夜人静，灯下提笔，无愧，无怨，一笔一划地写下的年谱，就是给自己的人生打分。终篇时带着微笑，安慰，以及宽恕。

眼前风物一经点题，便带上妙不可言的“意思”。这意思，不一定具“苦难”所附带的深刻，不一定带大起大落所生的强烈。周围的茶客，处于“失意”和“得意”这两极的，肯定比中间即“平常”状态的少，但不妨碍大家度过一个喧闹而舒心的上午。原来，人寰这一角，每一道生之细流，同样汇进“人性”的巨川，以无声的流逝累积出生命内蕴的庄严。人生的形相，以实在、宁静、琐屑为基调。明乎此，我们对世界岂能不贡献善意？冥冥中，友人的百岁妈妈在云端微笑俯视我们，一个劲地说，好好！

海棠花的睡眠问题

晨六时，静，连鸟声也不好意思霸占整个郊野，只在栅栏上抛下几声啾啾，那是小山雀。也许是因为两只虎皮鹦鹉没来的缘故，这浑身碧绿的夫妻不必嚷嚷，单是在桉树丛中起起落落，就搅出一个小规模的雨声簌簌的世界。松鼠照例连表演空中走电线也不制造声响。被松鼠一路咯吱的电线反而忍不住，要变作风里的琴弦。门前的小小风铃不响，风太弱了。

今天是垃圾日，我把垃圾桶推到马路旁边去，过了中午，垃圾车会开来，伸出机械臂，把一个个塑料桶清空。我的天！垃圾桶隆隆滚过，我制造了类于最大型坦克车碾过的音效！

其实寂静并非从此刻开始。我也早就“自然醒”了，那时才四点。随后，静才由尚笼罩鱼肚白的远山蜿蜒而来。灯下读川端康成散文《花未眠》，开头一段：“昨日一来到热海的旅馆，旅馆的人拿来了与壁龛里的花不同的海棠花。我太劳顿，早早就人睡了。凌晨四点醒来，发现海棠花未眠。”于是，我研究起花的睡眠来。

按川康端成在此文的界定，花开曰“醒”，海棠之外，“有葫芦花和夜来香，也有牵牛花和合欢花，这些花差不多都是昼夜绽放的。”那么，何谓“睡眠”？众所周知的例子是睡莲，睡眠时花瓣向上竖起，闭合。白天盛开，是绝美的娇媚。查网上资料，川端康成指为“昼夜绽放”的合欢花，作息时间和人类类似，白天“醒”时叶子上的小叶都舒展平坦；夜里就寝，小叶片成双结对地折合，酷似含羞草。蒲公英也这般。我愿意加入文学的因素，在川端康成的海棠花瓣洒上凌晨的露珠，露珠在星光或者晨曦里闪烁，这就是睁得溜圆的璀璨眸子。如此这般，“未眠”的花就神采奕奕了。当然，上述“睡”态是我们的肉眼可以见到的，如果拿上仪器作精密的检测，花朵睡与醒，表征肯定更多。据说有的花入睡后叶子的温度不一样，有的花爱午睡。

问题来了，对大多数花而言，开放就是“未眠”，那么，“睡眠”就成为伪命题。我今天在推垃圾桶之前，特地到后院去查看了。雪白的波斯菊从来没“睡”过，金黄的满天星，嫣红的虞美人和紫色的芍药亦然。扶桑的花信已过，乌黑的枯瓣不是委地就是粘在枝桠，它们长睡不醒。那么，多情苏东坡为海棠花而写的“只恐夜深花睡去，故烧红烛照红妆”是多此一举了。而所谓“海棠春睡”，干脆是形容杨贵妃的惺忪之态的，和花的作息毫无干系。我从网上找出几幅“海棠春睡图”，连巨匠张大千之作在内，左看右看，找不出睡和醒的区别来。我既缺艺术的悟性，又没经植物学的专业训练，平庸之眼只及平面和表层。只是，如我这般归类为“凡俗”的人，也许占了世间多数。川端康成“凌晨四点的海棠花，应该说也是难能可贵的”一句，换为凌晨一点，下午五点，任何钟点，都不成问题，直到花瓣委地。

我毫无诗意地和垃圾桶打交道时，一脑子依然是花的“睡与醒之辩”。从马路旁边往回走，瞥见左边人家的前院，木槿树下，一朵白色花飘落，如此巨大，吓我一跳，定睛看，是一只白腹鸟从枝下飞下，姿势过分舒徐，引起误会。美丽的误会！鸟当了一回山寨版木槿花。同理，凭借好风，花也能够冒充飞鸟。如此说来，过分计较花的“睡眠”，未必不是多事。

今天“庄严”了没有

那天，独行时异想天开，一路上，见多了若有所思的人，微笑的人，木然的人，低头看手机撞上电线杆的人，戴上耳机和别人通电话形如自言自语的人，边走边舞的人，并肩而沉默的人，并肩而絮谈的人，三五成群嘻嘻哈哈的人。不错，强调“活在当下”的时代，不但有把麦克风伸到行人的鼻子下，拦路问“你幸福吗”的电视台记者，你自己也生怕错过任何快乐，在大街上一有热闹就凑，为小丑和机器人的表演大笑。那么，且回答一并不复杂的问卷：可看到“庄严”的人？或者反求诸己，问：今天“庄严”了没有？

回答是：不容易，很不容易。在著名寺庙里，那些做工精良的菩萨像，脸相是庄严的。道行高深的牧师、神父、师父，和台下虔诚的信徒，常常是（但并非总是）庄严的。在教堂的弥撒会，告解室，神像前的蒲团，正在祈祷的群体，找庄严的脸孔肯定比在街上容易。此外，在灵堂，在墓碑前，在飘动的招魂幡下，在哀乐和布谷鸟悲啼环绕的环境，悲哀的人如果有较为高尚的情感作承托，也能表现出庄严。至于哲人，如果他眺望远山时，聚焦于某个玄想，那么，不经意间也露出庄严来。而哀愁和沉思二者，界限颇为模糊，所以木心说：“‘明哲’仅仅是亮度较高的忧郁。”这么一边想，一边寻找，“庄严”的脸孔阙如，未必绝对没有，我来不及发现，或者，深层的、隐藏的庄严，由于我的鲁钝而交臂失之。

下一个问题，幸福据说是不可缺少的，然则“庄严”呢？从满街的人找不到庄严之相，不等于需要庄严。出于同样道理，在餐期以外看不到据案大嚼者，岂可武断地说吃饭没有必要？庄严之必要，第一位的原因恰在于：人一天到晚难得庄严。庄严来自深刻的自省，唯对个人修养怀有严格要求的人，才坚持一天内必抽出时间检讨自己的思想与行为，下改错的决心。庄严来自对崇高事业的承诺与投入，为全人类造福的工作偏偏容易受到误解，非难，在逆淘汰成为主流的社会，当好人肯定比当坏人吃苦头多，你临睡前要爱抚心上的伤口，默默地为自己加油。庄严来自纯洁的思念，对远方的爱人，对天涯的知己，对在海外求学的孩子，你遥对星空，想他们的好处，祝他们平安。庄严来自创造性劳动。雕塑家面对一尊即将完成的雕像，作曲家在钢琴上试奏新成的乐章，诗人把一首呕心沥血之作寄给报章，总有某一个时刻，他们满足，欣慰，进而，为“对得起人生”而凝神，如果碰巧从侧面经过，你将惊讶地发现，对方有如神灵附体一般。

回到家，读沈从文传记。1952年，沈从文在土改工作队刚过了五十岁生日，参加了一场批斗恶霸地主的五千人大会。回来后给儿子写信，说轰轰烈烈过去后，“山道上敲锣打鼓”“反而给人一种异常沉寂感。”原来，发生在土地上的一切残忍，流血，喧嚣，总归“被土地的平静所吸收”。这是“离奇得很，也庄严得很”的亘古真实。沈从文进而指出：“一切英雄豪杰，王侯将相，美人名士，都成尘成土，失去存在意义。另外一些生死两寂寞的人，从文字保留下来的东东西西，却成了唯一连接历史沟通人我的工具。”这么说来，表情的、姿态的“庄严”未必具有实质意义，尽管那么罕见；我们需要的，仅仅是内在的庄严，哪怕只是片刻。

给一个理由

哪怕是最按部就班，最正常、平常的日子，也不是毫无悬念的。但须自己找。我常常琢磨这样的事：在间不容发之际，如何给出一个理由，化解一触即发的危机？如：向站在高楼边沿，扬言“不活了”的情绪激动者，或对着以枪或刀紧贴人质身体的匪徒。这个理由，有如你在黑暗的房间摸索电灯的开关，一旦摸到，打开，一屋子是光明。

话说航机上一持经济舱机票的金发美女，在头等舱占座。空姐怎样劝告，她都不离开。乘务人员无计可施，打算强行拖走。机长说，别急，让我试试。机长走近美女，只悄悄说了一句话，美女就乖乖走回原座位。大家惊讶地问机长给她什么理由。机长说，我告诉她，你的目的地是纽约，但头等舱飞往洛杉矶，只有经济舱飞纽约。这笑话，属于“Blond Joke”，即专取笑金发小姐的愚笨的。这等理由，在现实中算不了数。

刚才，我和一位移民年资超过三十的朋友聊天，他说起上世纪八十年代，他和妻子每到春节临近，便摆摊卖桃花。那时中餐馆的洗碗工，一个月税前工资六七百元。他们夫妻辛苦一个星期，半夜驾车到东湾的山区砍桃枝，载到旧金山唐人街，卖给办年货的同胞，赚五千元以上。

到一个陌生地方，砍人家土地上的桃枝，不花一个子儿，主人不但爽快地应允，还给予祝福。这对于一个初履斯土，英语结结巴巴的新移民，谈何容易？“猜猜，我向桃树的主人说出什么样的理由？”友人卖个关子。我沉吟，这可是难题。尽管桃树并不结可吃之果，也不会成为建材，但属于私有财产，不经允许而动刀，可能挨控告。最大的问题在于不花钱，手上毫无筹码。偏僻之地遇不速之客贸然上门，而况又是英语带口音的“异族”，对方已怀警惕。主人可能不耐烦，必须在三十秒至一分钟内把他说服。我想了好一阵，不得要领。

友人说，我在桃树林附近敲主人家的门或窗户，对方只会打开指头宽的门缝听我说话。我诚恳地说，中国新年快到了，它的重要性一如你们的圣诞节。中国人社区庆祝新年，离不开桃花，一如圣诞节少不了圣诞树。你们的桃树长得真好，如果您允许我砍一些树枝，带回去给我的同胞，不但我们，连您的家也添了喜气。

我的朋友说，他砍桃树砍了多年，持这一理由，无往而不利。出于深思熟虑也好，出于直觉也好，这理由好就好在：一，从宗教入手，唤起同理心。二，以圣诞节入手，激发同情心。三，最后一句点明，施者也获益，皆大欢喜。

和这位当年摆桃花摊如今已身价数千万的朋友告别，遇到另一位亲戚。她向我诉苦，儿子三十四岁了，仪表堂堂，有好职业，就是不爱结婚，从来没谈过恋爱。父母向他提起，他马上反击，最有力的理由是：现在满眼都是离婚的，可见不可随便结婚。亲戚请求我出个妙计，说服宝贝儿子去谈恋爱。

我想了好久，罗列出及时谈恋爱和结婚的理由，但迄未找到一条自认能够击中对方软肋的。一把钥匙开一把锁，没有这一条“理由”，任你唠叨终日，依然隔靴搔痒。

错在何处

读了一篇土耳其游记。它的后半段是“受骗记”。在君士坦丁堡，作者一行向一矮黑、其貌不扬的擦鞋匠问路。匠人挑着全副擦鞋家当，爬坡下坡，不辞劳苦带他们走了好远。当向导免费不算，还免费为这些游客擦鞋。作者一行要给擦鞋匠一些台币作酬谢。后者婉拒，但又说想看看外国钱币。于是，他们中的一个，拿出钱包，让擦鞋匠鉴赏英镑。作者他们仗着八只眼睛盯着钞票，万无一失。不料擦鞋匠稍试小技，便把一张十英镑的钞票骗去。作者慨叹说：“光明正大骗到你們的钱。只要想到这个铁一般的事实我就受不了。十英镑事小，被骗的滋味却非常糟。”

我读完，却要说，作者从一开始就该明白这是骗局。人家以擦鞋为生，怎么可能免费挑着工具担子跑老远，当陌生人的向导？其次，以擦鞋为活的匠人一连为游客擦了两双鞋却不收费，游客凭什么依然自我感觉良好？难道土耳其的手工业者以西北风为食物吗？这“铁一般的事实”难道还不够振聋发聩吗？莫非土耳其人都吃饱了撑着，不务正业，专学雷锋？一扇窗户关了，一定打开另外一扇：骗。稍有常识的，都会敬而远之。

这位作者不买“天下没有白吃的午餐”这一名言的账不算，还反“财不露白”的格言而行之，让骗子拿自己的钞票“玩”。作者一行并非旅游菜鸟，但是被膨胀过度的自信害了。恃着人多势众，光天化日，既可揩揩好心的当地人的油，又不怕明抢。其实这位擦鞋匠的骗术，并不高明。一开始就露了馅，拼着生意不做，带陌生人跑远路不收费，这伎俩本身已启人疑窦。诡计稍多的不会这般明来，会明码实价，收带路钱，消除游客的顾虑，再慢慢设局。说来说去，作者一行贪小便宜吃了亏。

出门在外，总遇到陌生人，总要就“对方是好人还是坏人”作出即时判断。我一向来信奉“如其猜疑，不如信任”的信条，因为较为省力。不过，这一条放在这里显然行不通。退而求其次，对以下人等，还是提高警惕为宜：平白无故地给陌生人以并非必要的好处的人，平白无故地给陌生人提供“免费”服务的人。

向何人说

傍晚，街上散步，暮色四合，灯光迷离。掏出手机，边走边沉吟：该给谁打电话？在我这方面，手机包月，不打白不打。然而偏偏没什么电话可打，一天到晚也难得听到铃声。想起白天，听一对老夫妇怀旧，三十多年前初识，一个在香港，一个在旧金山，每天写较平信便宜的邮简，少则一封，多则三封，上班累个贼死，回到家不写好不睡觉。那是激情当令的青春，在波澜不兴的晚年难以复制，然而，“闲聊”的诱惑力反而与日俱增。此刻，何其渴望和一个朋友谈天！不必是刎颈之交，不必是听他一席话胜于念五年常春藤的饱学鸿儒，只要能絮絮叨叨地谈二十分钟而不厌烦。

且作筛选。堪称同气相应，可作竟夕深谈的，不在美国，都在上班或吃饭，不可叨扰。其次是东海岸的一位，但那边已过十点。上次也是这个时间给他打电话，他太太把他从床上拉起，谈了10分钟，听到几次呵欠，尽管他强调不碍事，但很不好意思，告诫自己以后务必识趣。等而下的数位，是有事才打电话的。以文事作譬，闲谈是散文，谈情是诗，问候类、交涉类则是“等因奉此”的公文。我要和对方合作的“有声之文”，至少是小品，不管优劣，只要尽兴，只要思想撞击出火花。最后，在“相见亦无事，不来常思君”

类中选了一位，拨打，无人接电。从前我和他是能兴高采烈地谈的，近来友情转淡，因为他舍得心应手的读书心得不谈，转而聚焦于所供职的公司内无聊的人事纷争和邻居的恶习，两人失去了共同兴趣。再选一位，人家忙于看电视剧，匆匆切断。把手机放回口袋。

“便纵有千种风情，更与何人说？”不由自主地吟起多情柳永的《雨霖铃》。我绝不敢以才子自命，而况，胸次中有乱七八糟的世情、世故，独无矫揉作态的“风情”。由此而顿悟，在这个举目处皆“低头族”的人间，玩手机已成为时髦，任何时间，上班也好，放假也好，不变的是：人手一部手机。路过一家驰名中餐馆，一家子在围着吃饭，三个小孩子，无一例外地和手机过不去，亲情眼巴巴地被销蚀。由此，我们可得出“手机万能”的结论？

极简单而冷酷的事实是：一旦顾及互动，手机就难施伎俩。不错，局限于单向行为，无远弗届的手机胜任愉快，如留言，发短信，然而，一旦升级为对话，打手机常常是骚扰。除非预约，对方有备而接，否则你如何知道对方是否方便，是否有谈的兴致和力气？贸然拨电，等同于不经通报，径直闯入对方的隐私空间。幸亏国人尚含蓄，不会直言指责，但心里的憋屈不言而喻。

有人马上讥笑我的老土：运用视频，不就缩千里为方寸了吗？是的，“共剪西窗烛”的情调，它是部分地营造了。可是，这样的遗憾未必能够弥补——对方多少近于被“抓公差”，仓卒间难以为你的谈锋匹配同等的兴趣与心情，效果差强人意。见面则全然不同，不管是茶楼酒肆还是人家，不管是雨雪还是晴明，执手就是约定，都准备好了，开始吧！

说来未必不是讽刺，进入万事均不必“亲自”的资讯社会，不见面依然没有酣畅淋漓的“侃大山”。再先进的手机，再迷人的虚拟世界，无法替代从远古至今的“面对面”。老杜的“白日放歌”后是“青春作伴”。没有对酌，岂有“一片冰心在玉壶”？为什么“万事不如知己乐”，皆因“一灯常记对床时”。何不把手机扔掉，效法古人，雪夜坐上“访戴”的小船？

“摔倒”探究

往张家界旅游，首站长沙，下榻于一家星级酒店，对它的印象不错，从装潢、设施到服务，均中规中矩，没有教人意外之处，除了自动开合的玻璃门差点夹住一位比“自动”性急而自行开门的小孩子。早餐，是自助餐，丰盛得教我不能不打上满分。吃饱之后，徐徐品咂味道过得去的咖啡（唯一的遗憾，极小——站在远处机警地扫视用餐的客人，随时准备提供服务的年轻服务员，我向她遥举空杯，意为：请添咖啡，她却认定我只会喝茶，只拿来茶壶，多跑一趟）。

我注意到，餐厅有台阶，才两寸高，我警惕地自语：怕有人要摔倒。所谓一朝被蛇咬，十年怕井绳。我吃过亏。那是两年前，也是在一家大旅馆，也是丰盛得教我打满分的早餐，我从食物桌上拿足各种好吃的，好喝的，两手各端盘子和咖啡杯，前去就座，扑通一声，摔了一个狗啃泥，杯碟横飞，狼藉一地。如果我是电影明星，而又晓得娱乐版记者环伺在旁，我该在乎摔姿漂亮否，时装有污迹否，爬起来时该骂娘还是扮潇洒？一介老人，当然首先检查身子骨，扭动自如；其次，为劳动服务员清理而难为情；再其次，有点心疼，价格不菲的细瓷，还有不错的包子，玉米棒子，咖啡，都不可能回收。

当然，想归想，但连找当值经理，提出建议的念头也没有，因为去掉台阶，把高一级的地面铲平，重铺地板，属伤筋动骨的结构性问题。

我才想完，身边哐啷一声，有人为了证明我的先见——不，重蹈我的覆辙，摔了。一地食物和碎瓷器。受害者是比我年轻的老先生，身体修长，三十年前该玉树临风过。我来不及看他倒地，但姿势应是不很狼狈的。他绝对没想到，走得好好的，竟有此一劫，坐在地上发怔。和他同行的团友马上赶来，扶起。他没有受伤，旅馆也没有为他砸碎了瓷器的弄脏地面索赔。事情到此为止。

但我多事，继续探讨台阶问题。台阶的危机，其实主要潜伏在餐馆的经营模式上。它供应的是自助餐，每个人就座前，手端盘子、拿杯子和筷子之类，几无例外。而一旦手中有东西，注意力往往集中在食物会不会滑出，液体会不会溅出；置于盘子上的小碗、汤匙，拿在手里的水果……都难以注意地面……。我们都这样预设：餐厅哪有脚下不平的？

餐馆的经理一定自辩：我们都做足预防功夫，看到吗？台阶上的“欢迎”（英文）用红漆喷的，既醒目又雅致，不比“小心台阶”，乃至“摔倒后果自负”之类文明得多吗？上次我摔倒的餐厅，也有中英文警示。

设若餐厅是非自助式，那么，危险减少大半，只要带位员领客人就坐时稍作提醒，服务员稍加注意。因为客人空手，可给脚下投入较多注意力。

事情极小，姑且估算摔倒事故每个月发生五宗，一年下来六十宗，以开业二十年算，超过一千宗；又假设，绝大多数受害者是不爱惹事的同胞，那么，这家旅馆和它投保的保险公司值得庆幸。万一其中一位是洋人，因身躯庞大而摔伤，进医院，裹石膏，且出以洋式思维，延请专精打“不获赔偿，决不收费”官司的律师，要为受伤（包括精神损害），假期泡汤控告旅馆，那么，赔偿金恐怕远超改造地面的费用。

“祝你的旅途漫长”

一月二十五日，农历腊月二十八。清晨，从旧金山的居处，拨帘远望，太平洋的波幅大且慢，似伸懒腰。阳光正好，而此前一连多天雨急风狂，遍地绿不肥红更瘦。读希腊诗人康斯坦丁·卡瓦菲斯的诗《伊萨卡岛》。遥想此时故国的所有道路，一个号称全球最壮观的迁徙正在进行——与河流逆向的流动，不是支流汇聚于主流，而是从高速公路、大路、街道分流，入村道、田埂、深山的羊肠小道。

“当你出发去伊萨卡，祝你旅途漫长，”这是诗的头两句。对日夜兼程，务必在除夕的灯光亮起之前进家门的人来说，这祝愿适得其反。然而，放大看，且把“伊萨卡”设置为旅途的终点——我们约定俗成地定位为故乡，而我们的人生就是旅程，那么，谁都希望把它拉长。路长，又有好脚力走到最后，就是圆满。“你要把伊萨卡永远记在心上，/到那里去，是你的命中注定。/但是，请不要匆匆地到达，/最好要走很多年……”

我的老泪滴在诗行上，是啊！天涯游子就这般走在路上。记起了四十九年前，在乡村当知青，一天，我去到宝兴墟。它离村五六公里，只有十来间低矮破败的店铺。正下着教人愁肠百转的秋雨，我撩起一块乌黑的布帘子，弯腰走进一个理发店。乡人称为“剪毛佬”的匠人，四五十岁，已呈老态，独自在内。他问也没问，点头示意，要我坐在四方凳上。给我的颈部缠一块至少十年没洗的白布，开剪。彼此无言，只听见剪子的嚓嚓。乌黑的发是下在里头的雨。

他突然瓮声瓮气地说一句："后生仔，你不该待在这里，走!"我的胸间涌上暖流，为了陌生人居然说出我最要倾吐的话。"走？去哪里？"我的头摇摇，更大的黑雨落下。"笨，去哪里不行？反正不在这里，越远越好，走就是!"他的剪子有力地驰骋在少年头上。我向身前的布片上滴下的泪比檐霤大。最后，我付出五分钱或者八分钱，走进雨里，骑上单车，在公路狂奔。这一场景，我常常想起。因为，平生第一次，愤世的师傅向我传达了"神谕"。

然后，远行，数十寒暑抛在万里以外。旅途坎坷而奇妙，不管路况如何，我都要尽量将之延长，为了配合这愚不可及的念想，冬天的雪不要太阳一出就融尽，蓓蕾不急于爆开，种子不急于发芽。孙儿女不要太快长大，快意之文宁可失手于拖沓也不煞尾，典籍里的疑难愈多愈是欣喜。驾车，只要外人不为"抵达"设限，一律刻意拖延，沿途忙于观光和摄影。

走吧！越远越好，旅途越多惊险越好，只要不赔掉小命。一直走到必须回去的那一天。回到你的"伊萨卡"："这样，当你登上那个岛屿，/你已经老去，/满载着一生积累的财富，/而不要指望伊萨卡让你富有。"

伊萨卡是开端，也是抵达。"如果你发现她清贫，/我就并没有骗你。/那时，你早已满是智慧和历练，/你一定会明白，/伊萨卡对你意味着什么。"我心头，关乎"终极"的几个关键词——终点，故乡，今生，来世，和“伊萨卡”交叠。其实，它们的意义是一样的。

接着，听奥莉维亚·纽顿的《乡村路带我回家》。美国乡村音乐的欢快节奏，骨子里含着忧伤：“西维吉尼亚，美若天堂，/兰岭山连绵起伏，仙纳度河蜿蜒流淌/——乡村路带我回家，把我带回生长的地方，/西维吉尼亚，山峦妈妈，/故乡的路，快带我回家。”

我对自己说：不回家是不对的，也是不可能的；不走尽可能远的路，不看尽可能多的风景，且留下尽可能详细而完全的记录，然后回家，也辜负了家乡。于我，还亏欠那位雨天偶遇的理发师。

第四章　人生，最大的命题

巴士上，看一群“自己”鱼贯而入

这奇异的感觉是午间乘巴士时自然而然地产生的。阵雨后放晴，从下城回家，坐在巴士的长椅上。颇为拥挤，年轻的黑人女子坐在靠近司机的座位，一边照顾跟前轮椅上的残障少年，一边不时昂头说话，原来，后头还有她三个背背包的孩子。目送她领着四个儿女在五十年前嬉皮士运动发源地海街下车，我百感交集。然后，三个中国人上车，看模样是一对夫妇和女儿，站在我面前，稍后，坐我右侧的菲律宾人下车，空下来的座位，老先生占了。车行一个站，坐我左侧，老是嘟嘟囔囔的中年白人离开，我挪一个位置，让老太太与她的另一半坐在一块。这一刻，我抬头扫视车内，诸色人等，不同年龄、职业、模样、形态。大千世界的微缩版。

车到金门公园站，也许是中学和附近的社区大学放学的时间，兼以退休者逛完雨后的植物园，上车的人特别多，我一个个地看，随即，冒出这样充满欣慰的意象——他们都是我的化身。仿佛我已然消逝的生命所存在的时空，此刻纷然齐集，一起映现。

跨上车门费力一跃的孩子，可是我的十二岁，被饥荒摧残成篙竹般细瘦的初一学生？他脸色丰润，身坯壮实，我当年远远不如，但我懂得他稚嫩的梦。排在他后面的高个子，该有十六岁了，我那一年，一个月窜高十多公分，脸色苍白，依然营养不良。他后面的高中生是谁？不就是戴红卫兵袖章年代的我？我的青春曾狠斗私自一闪念，彻底改造世界观，白天的豪言却被晚间的饥火浇灭。我从童真脱颖而出的缤纷情欲，从对着车窗整理额发的女孩子的脸上找回了。偶像倒塌以后的迷茫，我从看车外樱花的黑人小伙子的眼里捉到了。接下来，消费在异乡的中年，那提着七八个购物袋上了车，靠着座位背喘气的同胞就是我。那手拿英文报纸，瞅一眼标题，从口袋掏出字典查查的半拉子书生是我。喘着粗气赶到，使劲拍打已关闭的车门，迫使司机打开的打工者是我。

巴士拐进居民区，乘客渐渐少了。到了华人商店聚集的厄文街，一大帮人上来。除了一位以蹩脚的中文嚷“对不起”的胖洋老汉以外，都是中老年中国人。“我”一个个地进来，多半有免费乘车的优待卡，所以不见谁掏钱买票。步履犹健，脸带微笑的我；头发稀疏，腰身微弯的我；戴绒线帽，衣着臃肿的我；发丝所余无几，连同眉毛全变白的我；拄杖的我；被老妻搀着上车的我……我以患了轻度“飞蚊症”的眼，逐个“审查”上车人，心里升起了少有的柔情，暗暗对他们，也是对许许多多个“旧我”打招呼：都好吗?惦念着你们!

如果我的今天是差强人意的树，你们就是我的每一圈年轮；如果我的老年是人生之书末尾的章节，你们就是之前的页码。那个黑发满头，前额挽起波浪的大学生，能否借光，当这本书的“封面”?

老多好！越是老，供我代入的人就越多；越是阅历丰厚，我理解的人，宽恕的人，热爱的人，感激的人就越多。老赋予每一个人愈益广阔的同理心与日渐深厚的同情心。除非患了痴呆症，失去反省与更新的能力。

坐着同一辆巴士的人，不管种族、背景、际遇存在多少差异，人性大抵是近似的，心总该是相通的，这就是社会之为“命运共同体”的基础。这就是为什么，我厚着脸皮，把每一个都一厢情愿认作“自身”。

过一天算一天

友人和我闲谈，提起某次和在故国大都市的侄子通越洋电话。侄子年过三十，要和为跑新闻脚迹遍布各大洲的伯父交流人生观，问：“您怎样规划自己的人生？”伯父回答：“我啊，过一天算一天。”侄子顺坡下驴，说：“我也是。”友人不好直接批评向来关系不算亲密的侄子，憋了一肚子气。

友人对我说：“我是电视台的新闻记者，以‘新闻’为关键词的生活，并无任何预警，我无从计划，只能‘兵来将挡，水来土掩’。如果半夜接到电视台的紧急通知，那是来了突发事件，我得马上赶赴现场。否则，上班时打开电脑，搜索各大新闻网络，寻找线索。我的生活态度，是由‘先有新闻再有报道’的职业被动性决定的，除非导演新闻或虚构新闻。”

去年建立家庭，几个月前得一女儿的侄子，该不该效法新闻工作者的过日子法？或者，提升一个层次，问：年轻人的人生应是主动还是被动？据友人说，他侄子“含着金钥匙出生”，他爸爸在上世纪九十年代的经商潮中，投资屡屡得手，赚下可观的财富。就在去年，老爸送给儿子的生日礼物，是崭新的宝马350跑车。父荫下的年轻人，免费住价值近千万的房屋，一天天养尊处优，自不待言。他最“繁重”的工作，恐怕是偶尔遇上保姆请假，半夜里婴儿在隔壁啼哭，被太太揪耳朵，不得不起床，调进口奶粉，放进微波炉加热，拿给抱着婴儿的太太。不错，靠上一辈赚来的财产，他和妻小都不必为明天的房租、将来孩子的入托费、进私立学校的赞助费之类发愁。

然而，友人的忧虑是有理由的。年轻人物质生活再富裕，人生道路再顺遂，都必须有近期计划、中程目标、远程愿景。自我人格的完成，和“安乐茶饭”划不了等号。哪怕仅仅出于“谋杀时间”的必要，也得筹划去哪里打高尔夫，何时往哪个地方观光，去哪里逛博物馆，看比赛。何况，终生过“行尸走肉”的日子，并非天赐特权；相反，它藏匿着无穷祸患——天下多少恶行，来自失去生命的方向？吸毒，酗酒，飙车，暴力犯罪，钱太多把后代毁掉的例子，要多少有多少！

如此说来，“有的是明天”但偏偏“过一天算一天”的生活方式必须抛弃。即使未来充满未知，来日的多寡和祸福均难以把握，也要“从长计议”。进取的人生和颓废的人生，分水岭就在于目标之有无，斗志与韧性的强弱。过一天“算”不止一天、三天，几个月，远至一年，五年，甚至“百年树人”的漫长岁月。高瞻远瞩的“算”，不是拿来糊弄恨铁不成钢的长辈，也不是自欺。而是为今天设立起跑线。唯这种“算”，使得生命丰盈。每一年元旦写下的“新年献词”，岁末予以检讨，即便惭愧多于欣喜，也只是调整的问题。明天，你将实际一些，勤奋一些。终于，计划上的“目标”和与总结里的“所得”重合，那一天单为了驾驭自我的能耐，你就该自豪一阵！

话说回来，起步之前制定的生涯规划，和耗去大半人生之后的总结，后者远高于前者的稀少，“一个小心就成功了”的人们，绝大多数是受命运殊宠的幸运儿，一般人强求不来。我们只好承认，期许太奢侈，现实付不起这个高价。然而，不管二者的差距多大，只要最后交得出“问心无愧”的总鉴定，那这辈子算合格了。

这样的拥抱你一生有几回

午前出门访友，四个小时以后回家。从家门前的人行道上，看到二楼落地窗后一个人面——十八个月大的外孙女小A被外婆扶着，向我微笑，招手。我欣喜地开门，飞步上楼，刚进去，小A挣脱外婆的怀抱，飞燕一般扑来。我蹲下，一把抱起，她在臂弯里呵呵笑，叫“公公”。一股电流通过全身，难以名状的喜悦笼罩内外。人生至此，登峰造极。

老妻有点吃醋地数说，她啊，你一出门她就逐个房间找“公公”，找不到，就站在窗口望。这一天，我得意忘形。小A向我怀抱的撞击，无乃是最美妙的震撼。我紧紧抱起她，抱起全世界的幸福。

我在旁边，小A放心了，要么自己玩会唱《一个猴子床上蹦》的洋娃娃，要么和她姐姐一起涂蜡笔画，每隔几分钟，溜进我的书房，坐在我的膝上，乱戳键盘，蹂躏我的电脑。我毫不介意，如果普天下有一种“骚扰”，你从来不烦，不恼，只嫌其少，这就是。

晚上，小A入睡。我坐在沙发上回味美妙之极的拥抱，自问：类似的，有过几回？搜索枯肠，勉强交出以下答案。

五十岁生日那天，上大二的女儿飞往纽约访友。我送她到旧金山机场。临别时父女紧紧拥抱。我爱抚她的黑发，祝她路上平安。她伏在我的肩膀上，喃喃道谢，把一封带贺卡的信交给我。那一次，我是有意为之的，因为此前偷看了女儿的作文，上面提到：“从小到大，爸爸从来不拥抱我。”

1969年，我二十一岁，正在村里当既一贫如洗又没有出路的知青，挣买烟的钱得走三四十里崎岖山路去打柴出卖。此前的1968年，也是夏天，和我最要好的当过红卫兵头头的伍老师被抓进看守所，审查十个月。有一天，我进县城他家，向他太太打听消息。知道他已从看守所出来，关在学校的“牛棚”，一边检查交代，一边劳动改造。“能不能去看看他?”我迫切地问。“我去过一次了,监管很松。”他太太说。于是,我带上他太太交来的两条劣质香烟(每包一毛八的“百雀”牌,他被关以后,每月只发十八元生活费,家里也够拮据)溜进牛棚。那是深夜,“牛鬼蛇神”们白天在河边推了一天沙子,累瘫了,早早入睡。我蹑手蹑脚,沿床铺转了一圈,认出他来,探手进蚊帐轻轻推推他。他惺忪坐起,极惊讶。看四下无动静,两双手紧紧握在一起。他的小臂,略微浮肿;我的手,带着被篙叶割出来的道道血痕。不敢声张,打手势加轻声交谈。逗留十分钟便道别。临行,又一次紧紧握手,我把一件细篾条编织的八角帽戴在他头上。那年代,握手是中国男人表达感情的唯一方式,所以,到了晚年,我和伍老师忘却无数次拥抱,却都记得这一次。

也是在拥抱成为禁忌的时光,唯一的拥抱。那年我二十三岁,在乡村小学的附设中学当班主任。一次,一位女生请病假,说是患了感冒。我去她家探望。那是中午,她姐姐出勤去了,只她在家。我推门进内,叫她的名字。她从房间内撩开门帘,一看是我,竟扑来,把我抱住。十五六岁,个子太小,够不着我的肩膀。我猝不及防,不知所措,马上挣开,站到一边。她也明白过来,脸红着退后。接下来,简单的聊天,我问近况,嘱咐她好好休息。匆忙告辞。我明白她的心境,父母在远地,从小缺少长辈的关怀,病中何等渴望安慰。我在刹那间成为“关爱施与者”的总代表。

我还自问，和爱人有没有过热烈的拥抱？记忆中并无刻骨铭心的情节。拥抱的极致，只发生在挥手天涯前，久别重逢时，或者缝合裂痕的场合，酝酿已久的情绪蓦然爆发，才具震撼人心的效果。我的爱情和婚姻平淡、稳定、密实，没有戏剧性，这并非缺陷，相反，乃是最大的福祉。

最可爱的是外孙女的拥抱，她把全部天真、热烈、纯洁调动起来，含无与伦比的张力。嗨，此刻，我视天下富贵荣华为敝屣。

“回不去了”

无论是校友纪念毕业多少周年的聚会，一起拂去封面的灰尘，打开厚厚的相片簿；还是老夫妻牵手重游定情之地，战友或同事一起涉足登临过的山川，如果有人不识时务地起个头：“过去如何如何”，便触动共同的痛处：回不去了！烟云缥缈的“那一边”，有“秋千架上春衫薄”，有“婷婷嫋嫋十三余”，有“为赋新诗强说愁”，有“金戈铁马，气吞万里如虎”；有一张围着柔软细胡茬的笨拙的嘴，试图贴近一张水嫩的脸；连刚在离婚书上签名的一对，想起山盟海誓，如胶似漆，也暗中哀叹：“回不去了。”是啊，拐杖对着扁担镰刀，轮椅对着钉鞋沙池，病床对着书桌，药瓶对着马拉松长跑者的水壶，一似鲜花对着胚胎，落叶对着嫩绿，稻茬对着秧苗。伤逝，是“回不去”的主旋律。

可是，我从台湾已故老诗人周梦蝶的《坚持之必要》读到另一种“回不去了”，诗是为名诗人余光中的七十寿庆而写的。大意是：三十年前，余光中先生大约三十八九顶多四十一二，在川端桥下划船时宣告：“我要坚持到六十才走”。如今早已走过来，“此一刹那之我已不同于彼一刹那/一字吟成/九回肠断/更无论/美之后有大/大之后有圣/圣之后有神/神之后神之后呢/要回去是不可能了/你已走的太远了”。

这难道是“流水落花春去也”的感慨，“好光景全在背后”的无奈？不！它是别样的宣告：统统回不去了！“那一边”的肤浅和愚昧；“那一边”的仇恨和宿怨；“那一边”“一条黑巷走到底”的偏执，“今天下英雄，唯使君与操耳”式的狂妄，“前无退路后有追兵”的惶恐，即使你工于恋旧，不怎么厌恶不堪的往昔，视从前的失误为“交学费”，给从前见不得人的种种贴上“成长的代价”这划一的标签，但也不愿意再把歧路再走一遭，把伤害过的人再折磨一次。往伤口撒盐，和赖在“往昔”不走一样，都违反意愿。毕竟我们已成熟，反思生涩年华，“文革”殴打老师，当知青时偷禾堂上的鸡鸭，如今羞愧难当，聚焦于如何赎罪。

替“拒绝回去”设置前提，不是慑于光阴庞大无比的威力，也不是臣服于命运凌驾一切的神通，而是基于这样的总趋势：人是能够长大的。就生命的总体质量、整体趋势而言，进入晚年衰退期之前，该是：一步胜于一步，今年比去年好，明年又胜于今年。即使遇到挫折，有所倒退，但“逐渐完善”的方向不会改变。

综上所述，有两种“回不去”，两害相权取其轻，后一种较为合乎生命的逻辑。具体到写诗超过一个甲子的余光中教授，川端桥下挥桨的年华，充其量只完成了初向古典靠拢的《莲的联想》，虽留下凄美的咏叹：“记得/你踩过的地方/绽几朵红莲/你立的地方喷一株水仙/你立在风中，裙也翩翩，发也翩翩”。然而，他如果“回复昔年之身”，那是太繁复的工程——须卸去后半生所写的以百本计的著作，以千篇计的诗、散文、评论，还有履下的千山万水，讲台下的莘莘学子，他的太太，四个因均含“珊”字而戏称“珊瑚礁”的女儿，孙儿女……你说他愿意吗？

是啊！回不去了！残缺的轮胎这样说，在吃掉多少距离之后；遍野果实这么说，在充满骄傲的收获季；参天巨木这么说，当它俯视苗圃；春笋这么说，当它对着荒原。“不回去”，原来是丰盛生命的句号。

至于我自己，遥看这样的景象：一张张长青春痘的脸，一个个右手拿着小红书，向偶像挥动，山呼万岁，臂上有红袖章，头上有如血的旗海，我冷冷地说：绝不回去！

抄袭人生

星期六下午四时四十八分，我站在离家最近的华人超市的鱼档前，面对着一排玻璃缸。小气泵的突突声，翻腾的透明的泡沫，天晓得是快乐还是不快乐的鱼，种类永远不超过四种：鲫鱼，鲈鱼，塘虱，石斑鱼。我悚然一惊，不是一模一样吗？一个星期前，也是这个时间，这个天气，从来不给面前的鱼缸做过特殊贡献的太平洋，在一公里外，懒洋洋地翻着，浪的颜色和越南鲫鱼的鳍及鳞的颜色一模一样。同一位师傅，矮个子，神情谦卑，每次看到他，他暗中揣着的笑马上往嘴角堆。“一尾塘虱，两磅以下的。”他拿起网兜，“都不只两磅呢！”网兜在鱼池里搅起小小的波浪，我在旁指手划脚，终于取得共识，他捞出一尾生猛的鱼。“要不要切成一段段？”“把头切下就好。”师傅生怕听错，又问一遍。我重复一遍，随即冒出罪恶感——想起伊拉克的恐怖分子斩掉英国人质头颅的镜头。在对话的空隙，去另一个货架拿了一盒豆腐。上一次和这一次，对话、动作、我的心理活动、师傅的剖鱼过程、豆腐的牌子，出自同一个模子。

“要每天每日去开拓生活和自由，/然后才能做自由和生活的享受。”师傅把湿漉漉的塑料袋递给我，夹带一个谄媚的微笑，就在这一刻，想起歌德《浮士德》里的诗句。是啊，开拓意味着向前，向前意味着众多的未知，不可测，疑问，困难，求索，搏斗，坚持，突破。毫无疑问，这对既成秩序是不加犹豫的破坏。改天换地，痛快淋漓。

年轻时至为畏惧的，就是“老样子”。偏偏世道多艰，压迫和禁锢极少松动，站在秋天的田野中，被稻浪包围着，何等向往蓝天一般的自由。四十多年过去，从前制造窒息的因素早已远远离开。如果我拥有双翼，背上的蓝天，不存在准不准飞的问题，而是能飞多高多远。然而，依然心存忧惧，为了日复一日的生活，在物质层面的重复之外，精神能否“向上”。

且回顾两次买鱼之间的日子，做了什么属于“开拓”的事。早餐必备的麦片，电视新闻里的南加州山火，圣荷西市市民放在门外的包裹被顺走一类信息，手拿球拍，站在门外和邻居的闲聊，傍晚走路，这些组装出晚年面貌的“零件”，自属必要，但未必可以变为灵性生命的养分。使得人生境界提升的，主要是：新的思想，新的生命体验，新的作品。即以可划入“创造”的文字论，浮滥之篇也不能算数，必须是：要么有所进步，要么成为对抗遗忘的人生实录。我做到了吗？没有交白卷，但也骄傲不起来。于是乎，一尾头部作汤其余拿来清蒸的鱼，不敢全部作为“自由和生活的享受”。为了延续生命而作的，未必都有让生命高级一点点的功用。而这，恰是我须时加警醒的，尤其是作为缺乏宗教情怀的俗人。

把鱼吃掉之后，对着窗外黑得神速的天空，脑际冒出痖弦先生的名句："今天的云抄袭昨天的云"，它无疑是抄袭人生的诗性写照。为了显示对"抄袭"的抗拒，我把它改成"今天的湖水抄袭昨天的云影"。云直接抄袭云，只有二者，加上湖水，多了李白"对影成三人"式的趣味，似乎。

车里人寰

午后，乘车到下城去。日影阴阴的，却蛮有内劲。车厢里乘客渐渐多起来。我独占的双人座上，陆续坐过几个人：拿滑板上车的白人小伙子，专心以耳机听音乐的女学生，还有身板粗阔的墨西哥男子。我没理会，埋头读王鼎钧先生的《关山夺路》。

我一次次地为命运的偶然而慨叹。书里说，1949年5月在上海，国民党军溃兵以海路逃亡，王鼎钧侧身其间，和众兵士拼死命挤上一只船。都是亡命之徒，先上船的朝船外推后上船的人，船外就是江水。王鼎钧从甲板跌下去，幸好一只臂膀勾住栏杆，慢慢把身体举上来。这时如果有人推他一把，他就完了。"甲板上有只手拉了我一把，我转危为安，那天晚上这一推一拉，我历尽生死祸福。"他上了船以后，小声探问谁拉了他一把，居然无人回应。读到这里，电车停站，一阵喧哗，各色衣服在眼梢掠过。人生之海溅起声与色的浪花。我在书和现实二者之间游走，惝恍间不知何者是虚何者是实。

电车开行，阳光把雾气剥去一层，热力明显起来。车里广播：在乘客拥挤时请小心照顾贵重物品。我瞥了新落座的乘客一眼，高个子黑人，上唇留了整齐的小髭，从侧面看，相当地潇洒。我想，男子若要在面孔上整出“公子”的丰仪，速成之法就是留上髭，胡子越浓黑越好。

不过，即便对“公子”般的黑人不乏景仰，我仍旧按了按夹克的左上方，那里的内层，放着钱包。钱包里有驾照、信用卡、各种登记卡和现款，硬硬的方形物件还在，放心了。同时我为此举惭愧，自问：是不是提防黑人上下其手？不敢替自己点穿。

车入隧道。仍旧纠缠在“偶然性”上头。想起前年到山东去，坐旅游车往蓬莱游览。路上邂逅一位退休以后一味寄情山水的天津人，他缕述“文革”中的遭遇：专案组不给吃喝多天，他在酷暑天倒在水泥地上，奄奄一息。某天早上，牢房的门下，滚进一只西红柿。他的手脚被绑，便滚到西红柿旁边去，用嘴把西红柿叼起来，吃下去。这么一来，他还了阳。第二天，“收尸”的劳改干部打开牢门，看到他还活着，惊异莫名。后来他一直在寻找施舍西红柿的救命恩人。结果也和甲板上的王鼎钧一样，无人承认。偶然性不乏共性——人性之善。

车进入阔街站，下车的多了。邻座的黑人移到对面的空椅子去。过道旁，学生模样的白人指了指我身边的空位，对黑人说：“你的钱包。”一语惊动了我，我把书合上，把钱包拿起，打算递给“公子”模样的黑人，黑人却摆摆手，说：“不是我的，是你的。”

我再次按按夹克的左上方，里面空空。原来袋子脱了线，刚才多事的一按，把钱包挤下去了。我弄清原委后，把钱包收好，抬头欲向好心的白人和公子般的黑人道谢，他们早已下车。

时间是等人的

——写给一位初中生

我参与的网站“美华论坛”，成立于2004年底，开始时，画家南亭先生的儿子才七八岁，也常来发表绘画和作文，很受大家喜欢。这位“灵隽小友”，如今上初中了，前几天他在网上发表的一辑照片，是少年友情的实录，在班里的同学们合照下有一句：“时间是不等人的。”这个年纪的生活，足够忙且多彩，谁有功夫叹息光阴易逝，年华不再？唯独这位天份甚高的初中生，把中老年才发的感慨“预支”了。

不过，我要郑重地对少年说：时间是等人的，不要担心。时间等你，也等我，等全世界的生灵。时间等在你之前，等在你之后；等在显意识，等在无意识；等在有限，等在无限。学校里的老式挂钟，钟摆就是你的脚步；家里的电子表，即使你在沉睡，液晶数字也显示你梦里的呼吸。一如古老的沙漏，每一颗细沙都是当下活泼的生命。时间不能离开你，你就是它，它就是你。你“被”时间长大，时间被你证明。没有了你，何来“你的”时间？你不久将发育，喉结变大，童声变粗，骨骼身个儿像夏季的水稻般拔节。没有时间，你如何完成这样的蜕变？“你的时间”是你生命全部的外延和内涵。你的一生，做着为“你的时间”“填空”的作业。

我们从小就接受了这样教诲：“少壮不努力，老大徒伤悲”，“明日复明日，万事成蹉跎”，“一寸光阴一分金，千金难买寸光阴”，基调是时间的冷酷。其实，时间和人的关系，并不是“两虎相争，必有一伤”，无所谓彼此，时间就是人，人就是时间。你是“这样”的人，就有“这样”的时间。特定的时间，成就特定的人。所以，没有“等”的问题。明了这一层关系后，你可能认为，既然时间并非咄咄逼人的怪兽，那么用功干嘛？多打电子游戏吧！不过，你须再站高一点看。

我们面对的是这样的命题：时间即生命。比如说，某同学学习十分刻苦，两年的课业用一年的时间完成了，这过程，并不意味多少时间给“节约”出来，而是激发出时间的能量。时间的长度没变，但质量和密度产生飞跃。微波不兴的死水是水，“飞流直下三千尺”也是。对时间的任何损伤，是对自己的损伤。比如说，你本来要跟父母去看望住院的外祖母，但你躲在网吧，不听电话，错过了，老人在病床上苦苦盼望你，最后失望地叹气。你不要把过错推给时间。人生道路上一个闪失，就是“你的时间”中一个伤痕。将来，你进入社会，在竞争激烈的职场，无论受雇于人，还是自行创业（你现在已画出很不错的国画，看得出你富于独创性，成年后可能当上艺术家，即所谓“自由职业者”），在那个“黄金时段”，你最关注的该是机遇，也就是遇上机会。说来说去，又是“时间”的事，太早，“强拧的瓜不甜”；太晚，“挑水的回头——过景（井）了”，我这么说，你别以为抓到反驳的理由——看，时间要么是搭档，要么是对手，怎么可能和我“合体”？我说，机遇仍旧是你自己的事，你从前所准备的，所损坏的，所期待的，都在造因，所谓“关键时刻”，乃是时间（也就是你自己）作出阶段性的总结。

明了你就是时间，极为紧要。没有“生不逢时”的问题，只有如何创造自我的问题；没有“时不我待”的问题，只有“在什么时间该干什么事，在什么年华该达到什么目标”的问题；没有朽与不朽的身后事，只有你对自己的责任感和承受力。

聪明的中学生，愿你的生命（也就是你的时间），这最伟大的财富，你善加运用，到最后，花光了，你就进入永恒的虚无。这以后，时间当然在，不复属于你就是了。

人是路走出来的

鲁迅的名言：“其实地上本没有路，走的人多了，也便成了路。”这自然是不刊之论。更细一点，在人的脚板外，该加上各种轮子、拖拉机或者坦克的履带、滑雪板、雪橇。更科学一点，可以加上各种掘进机械，如钢钎、电钻、推土机、炸药，以及筑路机械，如混凝土搅拌机、柏油搅拌机、压路机。

不过，以上说法，只适用于无路的所在，开辟草莱的年代。此外，在我的家乡广东台山，还看到一个怪象：明明有现成的路，比如说，冬闲日子，稻田栽上绿油油的油菜，乡下人赶集，却不肯走田埂，偏要从油菜垅上踩过，为的是省下几步。于是，一个田垌，不难看到好些被脚步切成斜角的速成路。而且，一旦有人踏出蹂躏的第一脚，诸多雄赳赳的脚步随之。所以，古来有“新会人的渡，台山人的路”一说，意谓，这两个比邻的县份，前者的渡口多，后者的捷径多，都为了眼前方便。

撇开开辟新路，以及虽有路还是要标新立异这两类，所谓“路是人走出来的”，并不成立。路，基本上已经是现成的、固定的，我们这些以鞋子或者轮子走路的后人，并没有如同先人一样，披荆斩棘，为了开辟作出牺牲，哪怕微末的贡献。

前人种树，后人乘凉。漫步在金门公园内铺满木屑的小径，徜徉于住宅区繁花簇拥的小道，我赞叹路的柔婉多情；驰驱在六线道的高速公路，和城市树立着众多交通标志的马路，我神往于路的发达和严密。可是，有一次，我驾车上班去，一样的路径：从“日落大道”转入“林肯路”，在“马卡泥克”路转左，进入“布殊”路。一样的风景：街道，屋宇，落叶，车流，路过一个公园，叶色墨绿的橡树和枝条虬结的花旗松。我忽然省起，我走路时，路也在“走”我。

不是吗？人生可有两种：开拓式和因循式。以路为喻，前者是开路，向“无路”之境进发，思想的探险，思维的搜奇，创造性的智慧之镐，敲醒蒙昧的处女地。后者是走既有的路，为了在社会立足，为了糊口，多数人得进入大致固定的规范，遵循固定的格式和秩序，上班，下班，干刻板的工作，见一样的脸孔。轻车熟路，人被习惯带着转，成了装配流水线上做着机械动作的机器人。老马识途，仅是一方面；“途”也塑造途中的老马，从姿态到个性。不是完全没有脱轨的时候，长的是假期，短的是醉酒。

除却少数天才和不羁者，我们的模样、姿态、思想、行为，乃是每天重复地走着的路所塑造。路是压模，我们的灵魂贴在路上，让它制出一种成品。在美国，每个居民都有一个“社会安全号码”，它可算是“产品编号”。

且看路怎样把人“走”出来吧！以工作论，一辈子从事一个行当的人，年月累积下来，便是这个人的神气和脾性。服务业造就屈从和谄媚，对权贵当面的奴性与背后的仇恨。公务员行业制造秩序和繁琐的手续。体力劳动制造粗豪与头脑简单。体育行业制造灵敏与坚韧。以婚姻论，幸福的配对制造宽容、温柔、爱与理解；不幸的配对制造怨毒和冷漠。以伦理论，在健全的家庭长大的儿女，性格中庸，和人相处较少矛盾；反之，可能带上心理缺陷，暴力倾向。

再放大一点说，生命的流年似水，流成的就是路；路从人的灵魂走过，把青丝走成白发，把少女光洁的颈项走成鸡皮，把少男脸上的青春痘走成老年斑。把愚鲁走成智慧，把粘滞走成洒脱，把蓝图走成现实，再把美梦走成讽刺，把自诩走成自嘲……当你在上司的淫威下噤若寒蝉，当你喜滋滋地把工资支票交给太太，换来一个满意的笑容，你可晓得，路在你的心灵上，也许碾过几道痕迹。所谓圆通，就是自身的人格和你的路这个“模子”，近于榫合。精神的处女地，路使它肮脏同时肥沃，使它复杂同时狡猾，使它有所收成也有所失去。

路制造人，在满布着现成的大路小路、高速路、不归路的人寰，路就是人生，就是历史，就是性格与命运。你要脱出路的主宰，反过来，由你来走它吗？可以的，从事创造吧，向科学的思想的禁地突进吧，脱掉成见的桎梏，做一个惊世骇俗的“另类”吧！你越是能够发挥自由的意志，越能把像蛇一般盘在心灵上的世俗之“路”脱下来，踏在脚下，兴会淋漓地走上一回。

鱼尾纹颂

幽默作家吴玲瑶女士在一篇随笔中，形容女性眼角的鱼尾纹，用上“可以夹死五只蚊子”一语，我吃早餐时读到这里，笑得咖啡喷湿半张桌子。厉害！昔有李太白的“白发三千丈”，今有杀蚊利器在眼角。随即想及，鱼尾纹岂可由女性专美？我马上冲进洗手间对镜检查，区区也有不少。我老出丰沛的鱼尾纹以后，不是没在饕蚊成阵的乡村待过，脸部和手足被叮多次，蚊子葬身在手掌的不止五只。只是，蚊子爬进皱纹的缝隙，未之闻也。唯一的可能是，蚊子们去东洋取经，学会了神风突击队的死法，径直朝着鱼尾纹俯冲，而且以五只为编队。再想，我这老眼既小且浊，毫无魅力可言，设若换一美目盼兮的女性，秋水般的两泓，既然可以教人神魂颠倒，吃人血为生的公蚊子为之痴狂，为之殉情，有什么不可以？

不过，我歌颂鱼尾纹，倒不因为它们分批处置嗜血的飞行家，出色当行，大有益于环境和人类健康；而是惊叹于它的能耐。不动声色地布网，五只同时降落也照单全收，这壕沟，若以哲学喻之，其深邃该可与庄子并驾齐驱。再设想，拥有这样的鱼尾纹，眼睛何等巨大；镶嵌如此深巨之纹的脸，又是怎样的壮观？所谓吉人天相，这才够格。推想下去，这等具备“熟女”以上年资的女性，其生命活力，何消说得？

红颜迟暮，是必然的事；鱼尾纹布阵，是迟早的事。如果有这样伟大的鱼尾纹，“老”是划得来的。孔夫子云：“老而不死是为贼”，往豪迈上说，“赃物”无非是肥硕眼袋里头的岁月。老出这般的鱼尾纹，雄辩地说明，更年期以后的岁月，漫长而健康。女性的青春之美，可以“肤浅”来形容。鱼尾纹带来的，乃是真正的幸福人生。抚养儿女的责任完成，荣登岳母、婆婆、祖母、外祖母宝座此其时矣。为梦想活，为美丽活，需要洞达的智慧，良好的体魄，进取而潇洒的精神状态。也只有这般健全的女性，才有闲心在化妆的余暇，修炼鱼尾纹，进而以鱼尾纹收拾蚊子。

拥有“夹死五只蚊子”的鱼尾纹的老女人和老男人，想不骄傲也难！

空空如也

读尼采的《快乐的科学》，其中一节引发我的思考。大意是：查拉图斯特拉索居山上多年，以孤独和思考为乐，有一天忽然改变了主意。那是朝霞满天的时分，他为伟大的太阳假设了两重厌倦：第一重，“若是你的光辉不照临人们，你又有何幸福可言呢?”第二重，十年来，“倘若没有我，没有我的鹰和蛇，你大概早就厌倦你的光辉和你来我处的这条路了。”尼采的言外之意是，蛰居十年以后，哲人觉醒，必须“落”下，下山，到人群中去。“正如每日傍晚降落在海的背面，并给另一个世界送去光明”。

他到人群中去，干什么呢?“我亟需人们那一双双伸开的手，好把我的智慧馈赠、奉献给他们。”原来，他一直像“聚敛了大量蜜汁”的蜂儿，给一肚皮的智慧撑着，早已厌腻了。以下一段，把智慧转移的过程渲染得无比瑰丽：“祝福这只将要溢出的杯子吧，水将泛金地从杯中流泻，载着你那狂喜的余辉流向各处!”

往下，是我琢磨不透的问题：哲人如此这般把“智慧财产权”毫无保留地转让之后，他这“杯子”“又将空空如也”，哲人因智慧“送光”而变得愚蠢。撇开象征和譬喻，这一陈述是远于事实的，智慧这种形上之物，一如爱，献出越多，自己的囤积越是丰厚。除非你患了老人痴呆症，记忆中近于空白，每一天都是从头开始，新鲜得像思维还处于混沌状态的婴儿。但这种病人，发病时表现出来的是呆钝，忘三丢四，连自己名字也懵懂，回家的路找不到，只好被好心的路人领到警察局。老成这样，还指望他锦心绣口，张口就是格言，下笔就是警句？

不过，到了老年，让填满伤痕、仇怨的记忆，塞满世俗功利、小聪明的脑袋重新变得空空如也，是极端必要的。空了才能容纳。尽管一次过的倾倒没有实行的可能，也没一劳永逸这等便宜买卖。我们能利用的只有遗忘机制，特别是“选择性遗忘”，或“强迫性遗忘”，通过和渐进、浸润类似但方向相反的方式，更新脑海里的库存。

欲教脑袋重新空空如也，途径有三。一是和孩童交朋友。忘年之交，使老人年轻。和牙牙学语的孙辈交，岂能不抛弃老奸巨猾，做换位思考？不再慈祥而扮演灰太郎和小狗狗，而忘却运筹帷幄。不知不觉地，变为“老顽童”。二是和大自然交朋友。植物不会思考，但能展示。山川之气能荡涤尘念。种菊东篱，栽豆南山，不是逃离尘世，而是借此调整观照尘寰，应对人事的方式。第三，建立信仰。人固然不能从生老病死中解脱，不能破解生命全部谜团，但生命力愈是衰微，愈需要神来替我们解释世界，解释命运。无助的心，需要导航。神，不管你认为是可见还是不可见的，是真实的还是循环的，我们都需要。它就是人的完美化，神圣化。

通过这三条途径，我们将找回“愚蠢”。这不是童蒙时代的混沌，而是以不变应万变的最高的明哲，是清空内心以后的和谐、爽利。此时，胸次有如旭日行将升起之际的群山。

人间的“散点透视”

傍晚，在旧金山，出家门，走上对面的绿化带。我所在街道的得天独厚处，是房屋只建在靠东一侧，靠西一侧遍植树木，草地如茵，说是公园也无不可，没有围栏、花坛之类就是了。才走了二三十步，透过花旗松的叶影仰望，同一个街区近街角的一栋，二楼的玻璃窗映着一个清晰的侧影，大礼帽，长胡子，黑西装。这富于个性的图像，是摄影还是油画？细看，竟是活人。想起来了，那是两个犹太教士（即“拉拜”）的住处，我多次看到他们进出。正统教派“哈瑞第”的信徒，服饰从来不变，总是深藏若虚，每次看到他们严肃到近于神圣的身影，大热天的周末也黑袍子，长筒袜和黑皮鞋，想必是去教堂从事拯救灵魂的神圣事业，我连招呼也不敢打。

“特别”就是看点。我欣赏这个侧影至少十分钟，直到背后吹来海风，提醒我掉过头去看比犹太教士更加庄严的落日。我蓦然省悟，这一长溜街道，不就是一张硕大的电脑屏幕？每一户人家是一格，窗帘打开的，是可以进入的，关严窗帷的，没有亮灯的，是不能打开的“黑屏”。我可以用视线随意“点击”每一格。

人间的散点透视，无所谓焦点，哪一个都是焦点。我有滋有味地看过去。刺绣“花开富贵”，电视屏幕上的央视综艺节目主持人，景德镇盘龙花瓶，兰草，尽管里面的居民都安坐在比窗台矮的沙发上，我看不到一个，也可以推测，这一家是中国大陆的移民。看摆设，定居新大陆二十载以上。餐桌四边，团团坐着一家老小，笑语隐隐可闻，孩子对着电视机播放的足球直播举拳欢叫，和美的一家，该是土生土长的华裔。麻将台，缓慢走动的老人，徐悲鸿《奔马图》的复制品——空巢期的中国夫妇。三对白人青年男女在灯下，或站或走动，手里拿着啤酒瓶子，他们在开小型鸡尾酒会。走过三个街区，一群盛装的中东人，陆续下车，边走上人行道，边和在门口给紫藤架浇水的中年汉子说笑，然后，鱼贯而入。穿连衣裙的女士，小心地拎起一边裙角。我知道，这是一个隆重的家族聚会，为了某个亲人的生日或结婚若干周年。走得更近些，可能嗅到豆蔻粉的辣味，那来自金色的阿拉伯咖啡。

一路走，一路浏览。如要增加趣味，须“点击”想象力。在兰花吊灯下相对而坐的少年，可是兄弟？是不是西海岸名校“洛威尔”高中的学生？一个中年女子，苗条而柔软的身子有规则地俯仰，是在蹬跑步机还是做瑜伽？一个露出半截的书橱，盛的是什么书？每一回总看到拿烟斗的老先生，面对大海凝望，落日早已沉没，看的是星星还是沙滩上的篝火？

我不知道任何一个窗户后面的家庭，是不是幸福？他们的美国梦圆了还是破灭了？他们的事业呢，爱情呢？即便是见面必亲热地问好的贴邻，我也不晓得他的女儿有多高。好在，“夜深儿女灯前”的画面是现成的。我把视线的网撒出去，故意走远，把尽可能多的“小格子”收进视野。想起王鼎钧先生对美国家庭的比喻：中药铺里的柜子——每一格都各自为政，各有内涵，各有秘密，快乐和苦痛，明斗或暗争。不错，从来没看到喝醉的男人追打老婆，然而，窗户之后的卧室，双人床，电脑，电话，谁也难以穷尽各自的奥秘。

好在有和平，有从海风吹拂的窗帷边溢出的莫扎特和流行曲。我满足地走着。

糕粉店里

旧金山市内老唐人街中心，有一家糕粉店，近二十年前，我初到这里时，它已开业。老板是少年老成的香港人，我每次在街上见到，他都是默默地迈着沉稳的步履，微低着华发未生的头，仿佛在思考庄严的哲学问题，教我想起爱在星光下散步的哲学巨擘康德老头。从前，它的生意好得不得了，门里门外，总排着长队。这么多年头过去，它的天蓝色大招牌已褪为灰白，却没换新，老板也许认定，此即老字号之为“老”吧？老板仍没下野，我前两年进来买馒头时还遇到过，动作缓慢多了，该奔六十了。

今天，我进店去，为的买馒头。说来你不信，唐人街近年开的同类店面少说三四十家，便宜到一块钱四只的馒头，迄今没哪家赶得上它的，雪白、棉软，滋味好不说，放进电冰箱一个月，拿出来蒸，和刚出屉那阵一个样。长龙没有了，原先从柜台前望进去，里头工作间人头攒动，点心工人忙进忙出，如今冷冷清清。转头看门外的招牌，似乎风雨飘摇。女性售货员，从过去的五六位减为三位。

顾客虽寥落，等还是要等的。我跟前一位老婆婆，买了满登登一大盒子包子和烧麦虾饺，兴犹未尽，缠着耐心的店员，声言要订下六十只带胭脂点的寿包，供下月一个宴会使用。店员拿着铅笔，小学生似地舔舔笔尖，在订购单上，一笔一划地记下姓名、住址和要求。另一位店员，在半人高的蒸笼架前弯腰，把白花花的馒头往大盒子里放，原来一位客人一下子买上百只。剩下一位，进里头拿东西，好久没出来，我疑心她下班后有约会，赶在这间隙整理脸孔。于是，寥寥四位客人，都在鹄候。

我生平最怕排队，此刻却不失耐心，人这么少，花得多少时间？我倒为先我进门的老爷爷担心，他的腿有毛病，一拐一拐的，跨过门槛时打了趔趄，进店后上半身几乎趴在柜台上，可见难以久站。我真想仗义执言，请店员先卖给他。老爷爷手里捏着的，才几个硬币，顶多是买两只烧饼罢了。

老爷爷与世无争，不发一言，更加令人同情。

四个人，都沉默地等待着。忽然，我的背后响起男子的嗓音，是带“三邑”乡音的广东话：“三个叉烧包，两个莲蓉包。”我掉头看，是精灵的中年汉子，刚进来，趁一体静默的空档捷足先得。碰巧进去许久的女店员踱出来，不知就里，便按他的吩咐拿包子去。我挺了挺腰，没奈何地白了男子一眼，没有发出抗议。太迟了。转眼间，他付过钱，接过包子，潇洒离去，临走时意味深长地扫视柜台前孤苦无告的“四人帮”，得意之情溢于言表。我向他傲岸的背影点头，祝贺成功。这世界，从弄艺术到买每只才四毛钱的包子，“墨守陈规”都只有吃亏的份。唉，老爷爷，你还得熬一阵子哪！

我才向艰苦撑持的老人投去富于悲悯意味的一瞥，身后又响起新来顾客的声音，这回是纯正的英语：“请给我三块萝卜糕，半打菜肉包……”我赶快以不纯正的英语打岔：“这位小姐，我们在排着队呢！”说完，才转头细看第二位插队者：年约三十多，戴深度近视眼镜，文绉绉的，是土生的同胞。她倒从善如流，退后一步，规规矩矩地充当队伍中的第五名。

我付款时看了她一眼，她一脸不在乎。我是知道她的行为模式的，这叫“到什么山上唱什么歌”。在洋人社会，举凡乘巴士，进银行存款取款，使用自动提款机，进餐馆，进超市，她一定排队。因为在那些场合，她用的是洋尺子。她虽然不生在华夏，中国人“随俗为变”的灵活性，继承得可好呢！类似的作派是：进洋餐馆按15%的比例给侍者付小费；进唐人街的餐馆呢，只给10%，哪怕侍者哈腰的角度近90度。

走出糕粉店时，我想：蕞尔小店，可以做多少文章？从盛极而衰的点心生意，看唐人街商业的新陈代谢；从中年熬至老年的老板，看一代创业者的艰难。至于顾客，自有中式和洋式的区别。更细一点，中式含旧式和新式；或分大陆式、港式、台湾式；洋式，有真洋，进门便排队就是；有假洋，上述女士就是。那么为什么她不坚持真洋式呢？原因也简单：她晓得同胞都不高兴排队，能打楔子就打楔子，能抢先就抢先，既无法挽狂澜于既倒，何不同流合污？可见她虽不是地道的中国人，却是难能可贵的中国通。

人生“定额”

在纽约拜访一位景仰多年的前辈，在他朴素的家畅谈文学。从历史无情谈到人性的险恶与救赎时，他举了一个亲历的故事。一位曾在前线出生入死的军官和他聊天。前辈问他怕不怕死。他说开头怕，慢慢就不怕了。越到后来，心里越是踏实。战场不是老死人吗？军官笑答，正因为这个原因，只要死的不是你自己，我方战士死得越多，你生还的机会越大。说到这里，前辈苦笑。我仿佛看到战壕里的军官，在接到我方伤亡报告时复杂的表情，痛惜、愤怒、悲哀的底层，竟是“逃过一劫”的欣幸。我听罢沉思良久，试图理清军官的“你死我就活”的逻辑，姑且将之归类为虚假的心理安慰。不这般为自己壮胆，如何在尸山血海前保持心境的冷静和对生的希望?

再想下去，却发现这种思维具有普遍性。我们不是常听人说到探望年长者，“见一次少一次”吗? 商贩甩卖稀缺货物时，抢购者也以“买少见少”为理由。作恶者有“恶贯满盈”之说。极端言之，这是生命的“逆命题”。本来，见面也好，购物也好，从正面计算是叠加的。我们庆祝任何人的生日，不会严酷地指出“你离死亡又靠近一步”。过年度节亦然，强调“天增岁月人增寿”，而不会像鲁迅的《立论》那般阴冷绝望，连人家的婴孩满月，也赠以“这孩子将来是要死的”晦气话，尽管没有人敢说这立论荒谬。

这思维定势，隐藏着一个核心——人生是有“定额”的。战场的伤亡数早已注定，每死一位，不就给袍泽增加活的可能? 儿女看望父母的次数早已限定，每去一次都使“配额”减少。民间还有更加干脆的说法：“吃多少穿多少，早已注定”。还有一种奇葩式“定额”：我的一位文友，二十多年前着手为某乡贤写传记，因诸多因素，一直未能脱稿。由于题材极具吸引力，不少出版社关注这本书的进度。有一次，我以三藩市某文坛前辈抱病完成长篇小说三部曲，然后不抱遗憾地辞世的故事，催促他早日写完。不料他说：“××把书写完就死了，我干吗写完它？”原来，他把著作付梓当作生命“定额”的唯一参照。

那么，“定额”是谁下的呢？开战前，参谋部会对即将开打的仗所造成的伤亡作出预测，但这并非“定额”。所谓“冥冥中自有定数”，这“定数”就是。如果它确实存在，比如，定下“吃”的总量，那么，谁细水长流，每天尽量少吃，谁就拉长寿命。问题恰在于，这是玄妙的天机。《新约》《传道书》的名言：“凡事都有定期，天下万物都有定时。生有时，死有时，栽种有时，拔出所栽种的也有时。杀戮有时，医治有时，拆毁有时，建造有时。哭有时，笑有时。哀恸有时，跳舞有时。抛掷石头有时，堆聚石头有时。怀抱有时，不怀抱有时。寻找有时，失落有时。保守有时，舍弃有时。撕裂有时，缝补有时。静默有时，言语有时。喜爱有时，恨恶有时。争战有时，和好有时。”总括而言，“有时”即“上帝所定配额已满”之谓。

是否确有其事，在窥到上帝的分配方案之前，都难以说准。人生有定额是好事还是坏事？看你从哪个角度看。从定额出发，可奋发，也可懒惰；可达观，也可颓唐；可走快速达到终点的直路，也可以借拐弯与停伫来延长。

纽约的前辈这般下结论：历史无情，文学以情补其空疏，救其冷漠。

“整整的一生是多么地，多么地长啊”

幸亏这悠长的，不知是得意还是无奈的咏叹，抄自著名诗人痖弦先生的诗《给桥》；如果出诸我，则免不了有朋友过来问吃错了什么药，不然就久久地盯着我的老脸，不知我是说反话还是扮萌。

谁不知道，愈是老去，光阴愈是以可怕的加速度消逝。而“几十年前的往事记得清清楚楚，昨天的事一塌糊涂”，这老年人共同的苦恼，给“恍如昨日”感叹注入黑色幽默。总之，时间可以有情，或者无情；可以千变万化，或者凝固；可以成就悲剧，或者喜剧，唯独不可能“长”。

我曾经为“光阴似箭”这一永恒的遗憾做过另类诠释：只有在好日子里，时间才快速消逝。而长夜漫漫，度日如年，慢速度只意味痛苦的折磨，绝望的煎熬。时间的速度愈快，愈该赢得感谢。今天读了痖弦先生这一句诗，感到此说还不到位。

要换一个思路，任何时候都坚信：整整的一生是“多么地，多么地长啊”！当然，“信”和“事实”并非一回事。时间充满不测，而人们最不愿意知道的，就是“还活多久”。除了一部分绝症患者，绝大多数人不会主动打听“几时死”、“怎样死”一类愚不可及的问题。一来，生与死乃人生最大的两桩事，如果不自杀，天大的谜底只有老天爷能揭。二来，知道死期一点也不好玩，活的趣味马上被削减大半。

叔本华指出：“只要我们是活着的，便总是处于时间的中点。决不会处于时间的终点。从这一点可以推知，每个人内心都带有无穷时间的不动中点。使我们具有活下去的信心而不再感到死亡恐惧的，主要就是指一点。”这个“中点”并非指真实年岁，如预测某人寿数八十，据此将他的不惑之年定为“中点”。人筹划“生计”，都自觉或者不自觉地以“一生很长”为出发点，乃是普遍的事实。

基于这一点，我灵机一动，从痖弦少作所摘取的这一名句发掘出更大的意义。世风的浮躁不是一直为人所诟病吗？所有的一锤子买卖，所有的“有X不用，过期作废”，所有的“有花堪折直须折”，根子难道不在“整整这一生，是这么地，这么地短啊”上？无论老少，无论显微，无论贫富和教育程度高低，在潜意识里都有一个催命鬼，赶快赶快！“时间就是金钱，效率就是生命”这一流行多年的口号，诚然促进了生产效率，但在大众心理上制造了负面的思维定势。

如果来日方长，如果一生可以从容地过，还有风风火火的必要吗？如果要给浮躁开出釜底抽薪之方，那就是：一辈子长，一辈子真长，一辈子真他妈的长。六十五岁不过是“三十岁加上三十五年的人生经验”，依然雄姿英发，可以筹划乘坐太空船或向南极进军。八十五岁报名上大学，修几门学科，纯然为了满足好奇心。“临老学吹打”何妨？你有的是时间，从入门开始，循序渐进，有一天可达到专业水平。

“只争朝夕”的固有观念被“一辈子太长”主义所取代，质言之，是把人生的核心价值从“追求结果”转移到“只问过程”。给自己的寿命以超过实际的预期，使得你去掉火气，摈弃急迫感，这可是人生境界的重大飞跃。

且回到痖弦的原诗《给桥》，他是为爱人张桥桥而写的，表现的该是恋爱的感觉。“修着指甲，坐着喝茶/整整的一生是多么长啊/在过去岁月的额上/在疲倦的语字间//整整一生是多么长啊/在一支歌的击打下/在悔恨里”。诗人如今已逾八十，和太太桥桥天人永隔。然而，诗人的一生依然那么长，那么长，它借着诗穿过死亡，伸延到另外的世代。写这首诗时，诗人未来的岁月要命地长，并未预料到半个世纪以后，他自己和他的诗的境况。然而，“整整一生这么长”的立论，稳稳地建立，成为人生的警句。

梦 债

“夜，睏极了

眼，顺势合衣躺下

鼻，紧挨着，没再吭一声

耳，悄悄地关上店门
舌，早已放得不能再松
都打烊了吗
梦，该留给谁做”

以上是台湾诗人叶红的短诗，题目叫《谁的梦》，描摹身体各器官的“临梦状态”。诗最后问，梦，该留给谁做？当然是“梦”做。这似乎是说了等于没说。不可以说是脑子做吗？然而脑子进入状态才做梦。睡眠有梦，清醒时偶尔也有梦，想入非非，恍兮惚兮和梦境也若即若离。我退休之后发现，人老了爱做一种怪梦。它不算噩梦，因为不惊险，和死不搭界。梦中的事都平凡，琐碎，共同点是：困境无从突破。

这样的梦者不单我一个。某位移民以后在中餐馆当了三十多年厨师，去年退休的朋友，在咖啡店当作笑话说给三天两头聚首的一群听：“说来见笑，我做的梦，多半和当年干的活计有关。昨天夜里，梦见在厨房里炒菜，老板进来几次，肉啦菜啦龙虾啦逐一检查，声明客人是打算预订婚礼大餐的，至少三十五席。今天带了亲家来试吃，指定的几个菜，都在婚宴菜单上。今天要是做得味道不对，他们可能找别家。我提前两个小时回来准备。不料没有一样顺手的，给牛肉‘走油’，居然在油里搁久了，肉老成橡皮筋。龙虾煮到最后，勾酱汁时失手，把一瓶酱油全倒进锅里。跑进大冰箱拿出另外一只重新做。老板吩咐侍应生进来催，说客人已坐下好一阵，要上菜了！心口扑扑乱跳，越是急越是做不来，炉火灭了，点不着。另外一个锅台飘起焦糊味。完了，完了！无法交代，只好逃走，厨房的门全关上，老板在外面狞笑。在绝境里，我抱头长叹……”

另外一个抢着说，巧不巧，我做的梦也这样，每夜所梦五花八门，到最后必走投无路，比如搭飞机，已跑过验票口，机舱门却在不远处关严。买了一台大如电影屏幕的超薄电视机，送货员抬进门不小心，摔碎了，那张索赔发票却随风飞走，我怎么跳也抓不到。还有，被人告发，以嫖娼罪被抓进监牢，大声呼冤，铁丝网外传来冷森森的笑。

我自己也在梦里扮演各种角色，当会计师总是客户的报税期限逼近，而表格没有完成。当教师总是送学生进高考的考场，半路遇上大堵车。当芝麻官，坐在轿里，洪水冲进来，却因官靴被卡，无法逃命。总是在最焦急，最纠结，最需要解决问题的一刻，惊醒来了。摸摸额头上的细汗，回放刚才的情节，明确无误地告诉自己：南柯一梦而已。但情绪马上复杂起来，一边为了终于摆脱而松了一大口气，一边遗憾于梦从来不替我解决一桩头疼事。

教我以及同道至为不平的，不是梦里“不如意事”的比例，比白天的“常八九”只会更高。而是“醒”居然成为唯一的解决和救赎。做梦成了受洋罪。真想问问主宰梦境的神：为什么不分配一个不必向“清醒”求援的梦？难道梦没有自助之力吗？怪不得，雅人高吟“昨夜无梦过邯郸”，意思是：既然邯郸的客舍里，黄粱饭尽管做，却不包做当官发财的梦，那就把所有梦都驱离睡乡吧！可怜的老人们！常言道，人死前唯一的解脱是梦，历经沧桑，却依然落到这样晦气的境地：现实再坏，也比梦好。呜呼，无所逃于天地之间矣！

原来，梦所由诞生的潜意识，是由隐藏中的黑暗、虚伪统治的混沌地面，地下是许许多多的“地雷”。“地雷”是早年无意间埋下的，一直被忽略。以上班族无时不面对的压力为例，赶啊赶，期限、时限是在身后穷追的猛虎。一天天，尽管都应付过来。然而，心理深层所储存的张力尚未得到释放。多少年之后，才从梦里发起偷袭。人生就是一根债务的链条，环环相扣，后一个债是为清偿前一个而欠下的。借债还债，死而后已。

时间的雕刻

前年春天，置身夏威夷的海滩，在雪白的沙子上铺一条浴巾，舒坦地躺下。碧蓝近在咫尺，不时声势汹汹地扑打过来。被微咸的海水覆盖的脸，水流走后，细沙散在颊间和鼻翼旁。看着身边的沙，在浪花中进退，翻滚，一道道棱线。忽然想起时间对人脸的雕刻。没有疑问，这是人间最恒久、最繁复、最有看头的艺术。这一工程，须有双方的合作，人献出身体，时间拿出雕刀。人体的新陈代谢，从成长，成熟到衰老，不停顿地进行。

同样，人一辈子，没有一刻停止过的，是时间对他的雕刻。在这个工程的预备期，时间假手许多物质，最先，派遣羊水，浸泡，塑造，使胎儿成型。瓜熟蒂落，婴儿离开了子宫，以脐眼作终生的印记。从此，成为独立的个体。

从出生的第一天，雕刻师——时间便在场。无一幸免的，我们被这个最称职的艺术家置于完全的严密的控制中。首先，雕刻师制作“粗坯”，大而化之，轮廓和线条，以简单为原则。婴儿的皮肤的嫩滑，儿童的眼睛的澄澈，少男过分丰茂的头发，少女修长颈项上的绒毛。这些，都属于伟大艺术家的手泽。他为每个人打“草稿”，总是先粗后细，先浅后深。所谓“天真”，指的就是时间未进行精细加工的年代，一如没有云彩和污染的一碧蓝天，避开霜雪风暴侵凌的春天的草叶。

青春是时间的杰作，整个作品的格局已定，男子的皮肤长了毛和青春痘，女子的身体有了诱人的曲线，脸孔带上桃花一般的娇艳，男性的肌肉带上山岳的棱线，嘴唇上下有了粗硬的胡茬。如此蓬勃而芜杂，妩媚而敏感，雕刻师欣赏时也陶醉了，忘情了，不舍得再加一刀。这就是为什么，世间留下稀缺的“不老”的神话，但限于某个时期。

然而，时间的创作，不以“完美”为终点，他的使命是“完成”——把工作直做到心脏停止跳动的瞬间。人到中年，雕刻师开始施以“工笔”。饱满的额头上的三道横纹，是中号雕刀利落地刻下的，抬头之际格外昭著。随着，以小号刻刀的精细镂出眼角的鱼尾巴。光滑的颊下开始“水土流失”，一道道纹被刻刀凿开，继而被岁月的流水冲刷复冲刷，终于成为沟壑。这个永不歇工的雕刻师，有的是辅助工。他让四季不同的风，吹拂手头的作品。春风固然给少妇的眉眼刷上慵倦的性感，秋风呢，有如扫过密林一般，使得人的头部变得萧疏，下一步就是披上白雪。

大抵而论，时间给每一个人生命的下半部，基本上都做减法。这是雕刻师的工作原则，不闻大师罗丹的名言：“雕刻就是把多余的去掉。”丰腴变为瘦瘠，浩瀚变为细小。反其道而行的也有，如腰围与老年斑与日俱增，但改变不了生命化繁为简的总体转变。

时间的功夫若只下在人体外部还好，人有望保持心灵的年轻。可是，时间必须履行他的使命，那就是“完成”——他的完成就是人的完成。欲望从繁复变为简约，情绪从激昂变为平和，思想从肤浅变为深刻。而内与外，常常是一体的。睿智的眼神配通达的心，邪恶的表情配阴险的灵魂。然而，不乏内外相悖的例子，歌德在八十六岁那年，狂热地追求一个十六岁的少女。在即将迈入死亡的肉体内，居住着一个翩翩少年，如此地不合逻辑，如此地忤逆宿命。看来，时间的雕刻，未必每一刀都照讲义的步骤。生命的多彩和诡奇即在这里。

人生天地之间

在牙医诊所补牙，大夫先往牙龈部位打麻醉针，一只残牙一针，不算剧痛，但不好受。针头刺进的刹那，脑海里冒出一句："人生天地之间"，没有下文。不必下文，一如广东乡下的中老年女子，遇到不幸之事时的感叹："前世咯……"。"前世"是"前世不修德，报应在眼前"的缩略语，为何以两字代全体？未必是图省事，也许因为全说出来杀伤力太大。我的感叹的下半句，该是：受苦是必须的。

探究"人生天地之间"一语的来处，如充博雅，最好是背《古诗十九首》中的"人生天地间，忽如远行客。"或者《庄子·知北游》中的"人生天地之间，若白驹过隙，忽然而已。"但二者都指向时间，并不切题。

我在牙医诊所的摇椅上想到的"人生天地之间"，来自鲁迅的《阿Q正传》，阿Q糊里糊涂地当上"劫匪"之后，此语出现三次。被抓时："他以为人生天地之间，大约本来有时要抓进抓出，有时要在纸上画圆圈的"。被判死刑时："似乎觉得人生天地间，大约本来有时也未免要杀头的。"行刑前游街时：他不过便以为人生天地间，大约本来有时也未免要游街要示众罢了。都以宿命为旨归，只陈述一个事实，从而被动地接受天地之间人之为人的“命”。

笼统言之，人遇到的麻烦，只要是难以改变、抗争的，都需要心理支撑。在这方面，我们在乖乖地接受之外，无所动作。反而是被我们看不起的阿Q相当脱略，他在供状上画圈，开头很为画得不圆而生气，“但不多时也就释然了，他想：孙子才画得很圆的圆圈呢。于是他睡着了。”

挨三次不得不打的麻醉针之后，是人生天地之间不能不补的牙，费时四十多分钟。心里十分平静。

回家去。进诊所前，天地之间是越来越大的雨。离家时天阴，但似无雨意，雨具没带，湿了大半身。走出诊所时雨小些，但头顶上乌云覆盖，没有放晴的意思。步行回家肯定成为落汤鸡，只好往巴士站走去。沿途，是天地之间司空见惯的树木，野花，店铺，车辆，自有秩序，互不干扰。路过一家新开张的瓷器店，进去略加浏览。一顾客问年轻的老板：“开始营业了吗？”老板回答：“明天才正式开张，但无所谓了，欢迎您选购，租金这么贵，趁早作生意，有优惠呢！”这店过去也是卖特价瓷器的，且都标明来自景德镇，因生意不好关张了。这一家进的似乎是新货。总之，天地之间有这样的轮回。我想，连我自己在内，周遭的中国人都是移民，如果早年不来这里定居，这个社会可会有所不同？换个问题：我们是否能对这个异国社会产生影响？我的回答是没有。旧金山这天地之间的秩序，我们无从干预。

带雨篷的候车站里，有好几位老年同胞，其中一位蜷曲着腰，呼哧着，可能患了哮喘。都默然。天地之间跋扈的只有雨。巴士开来，排队上车。一女士从后面揳入，看我一眼，悟及失态，缩回去了。没有喧哗。我坐在最后一排。旁边坐着一位拉丁裔男子，露在衣服外的四肢尽是刺青，我落座的理由就是研究刺青。可是他醉了，身体不停地东倒西歪，我难以看清楚，恨不得把他固定。候车时呼哧粗气的老先生在远处，一学生把座位让给他。车里车外嘀嗒着雨水。

人生天地之间，就这样了。一整天，我给所见所思冠上这么一句以后，万物和谐。大海卷舒，灌木丛叶子低垂，花旗松恹恹。装修车库的屋子，戴工具带的俄国小伙子把烟头甩进雨网。送快递的货车呼啸而过。

人是行走着的“履历表”

在旧金山一个电车站候车，好几位乘客散在路旁。站在前面的女士，六十来岁的同胞，把一块饼干塞进嘴巴，包装纸随手扔掉。我看着被风吹跑的纸片，想，这稍纵即逝的一幕，包含的信息可不少。

对包装纸的处理，可分三种人，如果一剥下就扔，绝不迟疑，这说明“随手抛垃圾”已成为潜意识。这样的人，很可能长期生活在卫生习惯没有形成的农村或者长期居住在垃圾遍地的城市死角如城中村，所受教育偏少，幼时缺乏家教，总体文明程度偏低。第二种，迟疑数秒，扫视一下四周，然后扔掉，这说明她已建立心理警戒点，知道垃圾不能乱扔，但看不到垃圾桶，心存侥幸，这种人要么移民前在香港等大城市生活，要么在美国居住有年；第三种，把包装纸放进口袋，这就说明她受过良好教育，具有公德心，多数是本地人，至少大学毕业，有信仰，有职业。

说得尖刻些，从处理手头小小垃圾的极细微动作，可以分出精神上的等级：第一种下等，第二种中等，第三种上等。即使最后一种经济并不宽裕，租屋居住，欠信用卡的债。

行动着的人，言说着的人，大体而论，根本而论，从动作，姿态，表情到语气，词汇，嗓音高低，从衣服到饰物，所随身携带的，差不多就是本人的全部履历。而且，岂止他一人的身世，教育，生活经历，还有遗传密码。有一次，也是在候车站，一中年汉子和所有自动售报箱过不去，一个个地探手进退还硬币的小洞，使劲摇。他可能从这类街旁设置占过便宜，掏出因失灵而吐出的几枚硬币，妄想再发小小横财。我在旁注视他的举动，同时在心里为他“设计”履历表：大陆生活数十年，近年因投靠子女而移民，在国内当过科级干部。工作前上过初中或高中。为人小气，贪小便宜，贪图享受，无正当嗜好，性格阴鸷，记仇，举止粗鲁。

日常生活中的人，伪装较多，在非正常年代和事件中，人所携带的信息则更为凸显。我出于好奇心，拿最勇敢的造反分子作精神解剖，得出一个结论：他们的祖祖辈辈要么是赤贫，要么是乡村二流子，都不是正常人家，原来，在某种程度上，“残暴”是遗传基因。

当然，先要排除“表演”的因素。人多具“两面”，奉命上台，背“标准”即“不致被治罪”的台词，做标准动作，要多乖有多乖。但潜意识并非人控制的区域，一如身体遭火炙，在意识发出反应指令之前已缩回，不经意间露出原形。

职是之故，我只欣赏台上演讲者的口才，“演”的功力；但不会因听得热泪盈眶而崇拜他的人格。我建议，相亲之后感到“合意”的男女，不要陶醉于诗一般的情书和情话，而应打起背包，一起去作一次较多波折的旅行。父亲观察女儿新交的男朋友，欲知其教养，最好偷看他在餐厅怎样对待服务员。如果对方对心目中的“下人”凶横且苛刻，那么，即使他对父女献尽殷勤，也怕是表演。

三句话就是一生

父亲节午间，坐巴士往唐人街，参加一个和父亲节无关的聚会。巴士行近唐人街，一位持杖的华裔老先生艰难地上车，坐在老人专座上。两个站以后，一位白净的老太太上车，见到前者，亲热地打招呼，坐在他旁边。他们说话之前，我猜那位女士是台山人，说到根据，则是只能意会的直觉，家乡来的女人，脸相与躯体似乎有若干特征。果然，他们热络地说起台山话来。台山方言极为复杂，我可以凭口音猜到籍贯，具体到镇那一级。眼前这两位，口音完全相同，该是潮境一带的同村或村庄相邻的乡亲。旧金山市台山人众多，这两位老人家，即使交情没有深到三天两头联袂上茶楼，每年也至少见上几次，在同乡会的春宴、婚礼、葬礼一类活动上，所以，“两眼泪旺旺”的滥情场面是没有的。然而，他们的交谈，触动了我的心。尤其是其中的三句话。

第一句，老先生问女士：“家里人都来了吧？”第二句，老先生在双方谈过几位乡亲的近况以后说：“都这么捱过来了。”第三句，老先生谈到自家身体状况时说的：“我什么也不想，今天上床睡觉，能醒来，下得了床，再想明天的事。”

三句俚俗闲话，把“老金山”的一生勾勒出来了。第一句是人生理想。早年的移民，终其一生，最大、最迫切的愿望是团圆，但是，回老家探亲只是治标，把所有亲人都弄到美国来，让家族在全然陌生的土地绵延，才是“异国一世祖”们至为顽强的抱负。为了这个梦，他们一边拼命赚钱，存钱，一边找律师办申请。改革开放前无法可施，只能鼓励亲人偷渡到香港，再以难民身份来美。改革开放以后则以走正道为主，以假结婚、政治庇护和“屈蛇”等歪道为辅助，艰难曲折之中，夹杂着多少期许和筹谋，钻营和牺牲。第二句是人生写照，一个“捱”字道尽游子漫长的奋斗。初来时不通英语，备受歧视，很少接受教育的机会，在底层靠工时超长的拼搏，年复年地熬，才打下根基。成为讽刺的是，侨乡百姓绵延至今的传统是：不出国不算找到“出路”，一代代业已落地生根的移民，宁可耗尽积蓄也把乡中亲人弄出来，不是为了有福同享，只是有苦共“捱”。尽管世道常变，治乱更迭，出国潮有起有落，但台山人的深层心理之中，这样的硬道理一脉相通：走出去，“捱”是值得的。第一代苦是苦些，从下一代起，日子就好过了。第三句，指晚年心境，过一天算一天，不预支忧虑。风烛残年，他的人生成了摇曳的微焰，命运则是无定的风。

我继续听下去，收集到更多资讯。老先生今年八十一岁，“六十二年没有回去过。”世故的女士没刨根问底。我猜，他十九岁出洋，那时正是家乡解放的1949年。悠悠岁月，他把乡愁压在心底，拒见家山。其因由，应不是没钱买双程机票，而在于别的方面，比如，家乡的亲人在土改中遭了罪，这一惨变对他造成极为深重的伤害，他不敢面对冤死的父母的坟墓。“过去在一起的，走光了。”老先生又说。“在一起”，可能指一起“上埠”的乡亲，一起从军的袍泽，一起打工的伙伴，一起打麻将的牌友，他们已成古人。我看他把着拐杖的手，布满青筋，皱纹触目，微微颤抖着。“我也七十了。”女士说，我看她的脸，依然圆润，表情淡漠，似乎老下去的是别人。

巴士在唐人街停站，两位老人挪下车去。我连忙把三句话温习几次。

细品刘荒田(代跋)

王鼎钧

刘荒田先生的文章一向很长，尽管海外华文发表园地狭窄，他的长文仍源源刊出，十年不绝，以致文友们把他写的“小品”忽略了。最近他把“美国小品”选出176篇辑成新书，令人睁大了眼睛看他的另一面文采。

网络时代，“短文”越来越多，“小品”却越来越难得一见了。小品是秋水文章，纯净与密度并存，单一与完整并存，坦荡与余韵并存，它不是未完成的长文，也不是长文中的一段或局部，更不是长文的提要或缩小。这种作品多了些美感，少了些意见，多了些灵性，少了些烟火，许多人在国内办得到，出国以后办不到，闲暇安逸中办得到，辛苦忙碌中办不到，甚至有人说，古人办得到，今人办不到。我很奇怪，刘荒田先生为什么总是办得到。

我对“刘氏小品”发现较晚，因缘始于他的《海上看烟花》，乍见题目，这篇文章好难写，必须写海，写烟火，还得加上夜景，如鼎三足，不能跛腿，网络短文最缺少写景的能力。他写夜景有新意：“雾气起了，镶嵌在水边的灯火分了层次，高处的超越了雾，财大气粗地放着钻石般的光明”，这大抵是生活在资本主义社会才有的审美。“前方不远处一艘大轮，灯光的繁密，只有拉斯维加斯赌场外的夜可比美。这人造的豪华，落在大海深刻而严峻的黑色中，在荒诞里别有徒劳的壮烈。”这是受现代主义启发才有的拟人和移情。有这样一支笔，足可以写小品了。

“人就在烟花中。大大小小的船只所围着的半圆，是烟花所覆盖的空间，烟花的雨网，把我们罩起来。头顶上，色彩的飞翔，图案的开谢，整个过程观者也纳入其中。”这一段倒也寻常。“一样迸射，一样绚烂，一样黯淡，一样死亡。”这就是惊人之句了，烟火以最短时间演示“生变异灭”的现象，整个审美过程似模拟的轮回，这境界就大了。“观者的影子能到达水下，被黑暗吞噬，好在再黑的海水也有光亮。烟花却在空中消失，散在水面只有熄灭后的碎屑。在无声无息地针砭肌肤的海的力量下，茫茫的雾中间，人工的昙花在上，我们是夹缝的旁观者、享乐者，也是受难者。”三种身份错位，境界立体化，居高临下，一览众山，宗子、坡翁、乃至尼父，在这一点上恐怕犹有未到之处。

用昙花比喻烟火之后，文势似已收束，没想到奇峰最后耸起：“夜里，我梦见张先生家的昙花开了。”天上？人间？虚实互依，我想起东坡先生《后赤壁赋》飞鸣而过的仙鸟，以不结作结，无人能续，但觉无限依依之情。小品文居然写到这一步天地！

以后我就不肯错过他的“千字文”了，他有“绕过”前人的能力。例如他写行人远去，送行的人还在盯住背影，“远行人甚至会感到，背上两处圆点，一似拔火罐般热着，那是对方的目光所凝聚。”很精彩！“挥手自兹去，萧萧斑马鸣”，“欲问行人去哪边，眉眼盈盈处”，都没挡住他。他写山茶花谢了，“无论正反，都端端正正地坐着，一似如来佛祖的莲座。”“篱竹后的花，早上都成了向着太阳吹响的军号，傍晚落在黑色的泥土上，也这般端端整整地坐着，坐成展翅欲飞的紫蝶，坐成打坐的仙家、冥想的哲人。清晨的露珠在落花上闪着，那光彩和盛放的鲜花一般骄傲。”“花瓣就这般坐着，直到变黄，变黑，变成泥土。自然率赋以它的最后章节，没有悲哀，只有神圣。”这就绕过了“化作春泥更护花”，“落花犹似坠楼人”，有自家风貌。

这些小品多半八百到一千字，尺幅之内，舒卷自如，落笔时一点击发，四围共鸣，触机成文，诉诸悟性。无因果，有纵深；无和声，有高音；无全景，有特写；无枝叶，有年轮。他取材广泛，向外则山川草木天地日月信手拈来，向内则心肝脾肺脉搏体温皆是文章，取之不尽，用之不竭，不涸干，无压力，多潇洒，有生机，海生潮，云生霞，花生蝶，熟生巧，美连连，意绵绵，文心生生不已。

这位广东才子上山下海，呼吸过灵秀之气，再经西化打磨加工，天意造就一颗魁星。当然他还要继续前行，还有一些人要绕过，也许包括他自己。走下去！桂冠在那一头等着他。

（本文原载于王鼎钧先生《书滋味》一书）